# 我的杂学

周作人 著
张丽华 编

北京出版集团公司
北京出版社

图书在版编目（CIP）数据

我的杂学／周作人著；张丽华编.—2版.—北京：北京出版社，2011.2
（大家小书）
ISBN 978-7-200-08468-9

Ⅰ.①我… Ⅱ.①周…②张… Ⅲ.①杂文—作品集—中国—现代 Ⅳ.①I266.1

中国版本图书馆CIP数据核字（2010）第219997号

责任编辑　莫常红
责任印制　宋　超
装帧设计　北京纸墨春秋艺术设计工作室

·大家小书·

## 我的杂学
### WO DE ZAXUE

周作人　著　张丽华　编

\*

北京出版集团公司
北京出版社　　　出版
（北京北三环中路6号）
邮政编码：100120

网　　址　www.bph.com.cn
北京出版集团公司总发行
新 华 书 店 经 销
三河市同力彩印有限公司印刷

\*

880×1230　　32开本　　9.375印张　　136千字
2011年2月第2版　　2023年2月第6次印刷
ISBN 978-7-200-08468-9
定价：56.00元
质量监督电话：010-58572393

# 序　言

袁行霈

"大家小书",是一个很俏皮的名称。此所谓"大家",包括两方面的含义:一、书的作者是大家;二、书是写给大家看的,是大家的读物。所谓"小书"者,只是就其篇幅而言,篇幅显得小一些罢了。若论学术性则不但不轻,有些倒是相当重。其实,篇幅大小也是相对的,一部书十万字,在今天的印刷条件下,似乎算小书,若在老子、孔子的时代,又何尝就小呢?

编辑这套丛书,有一个用意就是节省读者的时间,让读者在较短的时间内获得较多的知识。在信息爆炸的时代,人们要学的东西太多了。补习,遂成为经常的需要。如果不善于补习,东抓一把,西抓一把,今天补这,明天补那,效果未必很好。如果把读书当成吃补药,还会失去读书时应有的那份从容和快乐。这套丛书每本的篇幅都小,读者即使细细地阅读慢慢地体味,也花不了多少时间,可以充分享受读书的乐趣。如果把它们当成补药来吃也行，剂量小，吃起来方便，消化起来也容易。

我们还有一个用意，就是想做一点文化积累的工作。把那些经过时间考验的、读者认同的著作，搜集到一起印刷出版，使之不至于泯没。有些书曾经畅销一时，但现在已经不容易得到；有些书当时或许没有引起很多人注意，但时间证明它们价值不菲。这两类书都需要挖掘出来，让它们重现光芒。科技类的图书偏重实用，一过时就不会有太多读者了，除了研究科技史的人还要用到之外。人文科学则不然，有许多书是常读常新的。然而，这套丛书也不都是旧书的重版，我们也想请一些著名的学者新写一些学术性和普及性兼备的小书，以满足读者日益增长的需求。

"大家小书"的开本不大，读者可以揣进衣兜里，随时随地掏出来读上几页。在路边等人的时候，在排队买戏票的时候，在车上、在公园里，都可以读。这样的读者多了，会为社会增添一些文化的色彩和学习的气氛，岂不是一件好事吗？

"大家小书"出版在即，出版社同志命我撰序说明原委。既然这套丛书标示书之小，序言当然也应以短小为宜。该说的都说了，就此搁笔吧。

# 周作人的杂学与文章

张丽华

周作人对于自家学说与文章的定位，言说频率最高的，大约要算一个"杂"字。他不止一次地感叹自己思想来源的驳杂，他称自己的读书为"杂览"，在一个时期里，他把自己文体思想很夹杂的文章称为"杂文"，他自称儒林、文苑两传都不愿入，只是欣欣然自喜他乃是一个"杂家"：

> 他原是水师出身，自己知道并非文人，更不是学者，他的工作只是打杂，砍柴打水扫地一类的工作。如关于歌谣、童话、民俗的蒐寻，东欧日本希腊文艺的移译，都高兴来帮一手，但这在真是缺少人工作的时候才行，如各门已有了专攻的人他就只得溜了出来，另去做扫地砍柴的勾当去了。因为无专门，所以不求学但喜欢读杂书，目的只是想多知道一点事情而已。（《周作人自述》，载陶明志编

《周作人论》，北新书局，1934年版，第2页。）

"不求学但喜欢读杂书"，周作人的"杂览"，自中土的八股、散文、小说、笔记，到西洋的神话学、人类学、生物学、医学、性心理学乃至妖术史，还有日本的民俗学、浮世绘、川柳、俗曲与玩具等等，真是洋洋大观，其广博与芜杂之程度，均令人叹为观止。1944年，周作人撰《我的杂学》，对上述古今中外的"杂览"加以排比叙述，算是为读者提供了一个他的"思想路径的简略地图"（周作人：《我的杂学》），此后学者论及周作人的思想学说，对这篇文章每每多有倚重。那么，一旦"按图索骥"，将《我的杂学》这番"愚人的自白"，与周作人平日里写下的论学文章对照阅读，并从中选出若干有代表性的文章，编为一集，作为周作人此番"自白"的呼应、补充和对话，岂不有趣？既呈现周作人一生丰厚而散漫的"杂学"脉络，同时亦欣赏周氏独特的"以学为文"的文章风格，这也是一举两得且颇有兴味的事情吧。

一

周作人说，"思想宜杂，杂则不至于执一"（《立春以前·杂文的路》)。对"执一"的反抗和批判,是周作人作为一个自由主义者的终生"信条"。无论是中国的"文字狱",还是欧洲的宗教裁判,周作人都觉得不能容忍,他在文章里一再加以严厉的抨击,他说,"以思想杀人,这是我所觉得最可恐怖的"(《谈虎集·后记》)。在周作人看来,中国文化中卑陋与丑恶的一面,往往由二千年来的专制制度所引起:以"礼教"为中心的封建道德,固然是他终生批判的目标,对于各式各样的"卫道者",他尤其觉得面目可憎,由此连及钳制人心的八股时文,以及标举"道统"与"文统"的桐城文章,也一并受到他的责难。对"道"之"执一"与专制的反抗,养成了周作人对"杂"的偏好,他的杂学,不仅标示着渊博,在他的思想体系里,还隐含着对"正统"的消解。

抱着对思想统一的警惕和忧惧,周作人总是与滔滔天下的"正统"保持距离,出现在他的杂学系统中的,多半是各式各样的"异端"。周作人在中国思想界发现的具有启蒙意义的"三盏灯火"——王充、李贽与俞正燮,都或多或少带有"异端"色彩;对周作人影响至深的蔼理斯(Havelock Ellis),其性心理学即便在当时的欧洲思想界亦是空谷足音,足以惊世骇俗;此外,妖术、佛经等为"正统"派所打击或排斥的"外道"资料,周作人亦津津然纳入他的杂览范围。"异端"或者正是打破思想一统局面的内在力量，他们处在与正统所"执"的另一端，不意间揭示出长期以来被"正统"所遮蔽的另一些可能，不仅对抗着思想专制，有的本身也能起到"为冥作光"的启蒙效果。

与"思想宜杂"的判断相表里的，周作人还有一番文化多元的主张。1920年，周作人在燕京大学讲《圣书与中国文化》，阐述了《圣经》及其所代表的希伯来思想与文艺对中国文化的意义，他说：

> 中国旧思想的弊病，在于有一个固定的中心，所以文化不能自由的发展；现在我们用了多种表面不同而于人生都是必要的思想，调剂下去，或可以得到一个中和的结果。（《艺术与生活·圣书与中国文化》）

1930年，在北京大学所作的题为《北大的支路》的演讲中，周作人又指出，中国学人应对希腊、印度、阿拉伯和日本的文化多所措意，他尤其强调了作为西洋文明之源的希腊文明，以及与中国有诸多联系的日本文化——事实上，希腊与日本，构成了周作人杂学体系的重要两翼。关于东、西方文化之视野融合的议论,是"五四"时代知识者的主流话语,这种着眼于多元文化的开阔视野,亦为那个时代的知识者所共有。但在主流的欧美文明之外,对于希腊与日本的注视,不能不说是周作人的独特眼光。

文化多元与"思想宜杂"的主张,构成了周作人之杂学的思想支撑,与此同时,他对"杂"的诉求,也是一种趣味化的个人选择。在《习俗与神话》一文中,周作人引戈斯对安特路朗(Andrew Lang)的评价,"他有百十种的兴趣,这都轮流的来感发他的诗兴,却并没有一种永久占据他的心思",安特路朗的这种"不精一",正可称得上与周作人趣味相投。周作人所青睐的学者,如蔼理斯、安特路朗、哈理孙(Jane Harrison)、郝懿行、俞正燮等,在他的记叙中,都是不折不扣的"杂家"——"杂",似乎成为一种学者不可缺少的趣味,如此方可称得上"思想宽大,见识明达"。周作人之"杂",集中表现在他对琐屑物事与"边缘"文艺的爱好。关于中国古书,他奉行一种"非正宗的别择法",如尺牍、家训、笔记、风物志、佛经戒律等;对希腊文艺,他也似乎有意搁置蔚为大宗的史诗与悲剧,而是注目于不起眼的拟曲和杂文;至于日本文学,则对俳句、川柳、狂言、落语等感到兴味无穷。这样的别择,几乎成为周作人的独特趣味,最终很难说到底是对思想自由的诉求养成了这般趣味,还是如此趣味决定了思想的玲珑与通达,但既然有思想与趣味的双重根基,周作人对于"杂"的认同,可谓深刻而自觉。

有趣的是,对异端和边缘的选择,没有让周作人走向另一种偏执,他只是得到了他的"中庸"。"圣像破坏"与"中庸"混和在一起,这是周作人常常自嘲的"流氓鬼"与"绅士鬼"的纠缠,但这也正是周作人的特色。在蔼理斯与李贽、俞正燮这些古今中外的"异端"分子中,周作人所发现和萃取的思想资源,是一种以"人情物理"为中心的"中庸"之"道"。他在《读书的经验》一文中云:

> 我不知怎的觉得西哲如蔼理斯等的思想实在与李俞诸君还是一鼻孔出着气的,所不同的只是后者靠直觉懂得了人情物理,前者则从学理通过了来,事实虽是差不多,但更是确实,盖智慧从知识上来者其根基自深固也。

"人情物理",是"李俞诸君"与蔼理斯在根本上的相通点，也是周作人思想中的一个核心词汇，简单来说，是在承认人之生物本能的基础上，对人性以及由此而来的各种社会现象所持的一种合理而宽容的见解。这正是周作人以蔼理斯的性心理学为基点，并糅合了人类学、民俗学、生物学等诸多"杂学"所建立的一种对于人生与社会的"明净的观照"。在中国思想史的脉络中，周作人是将自己置于他所理解的三位"思想革命家"，即王充、李贽与俞正燮的延长线上的。他终生未能摆脱的"道德家"的"说教"，即集中在基于"杂学"的关于"人情物理"的"知识"解说。

## 二

周作人到底还是散文家，对于自家的论学文字，他也一样地作为文章来经营，没有丝毫马虎，亦颇有珍惜之意。这与他上下古今的读书趣味也是一脉相承的："不问古今中外，我只喜欢兼具健全的物理与深厚的人情之思想，混合散文的朴实与骈文的华美之文章"（《苦竹杂记·后记》），"计较他们的质，又要估量他们的文"（《苦竹杂记·刘青园常谈》）。对学者之"文章"的讲求，固然是一种文人趣味，同时也包含了周作人自身散文的风格实践。

关于文章,周作人有一种对于"本色"与"质雅"的近乎洁癖的爱好。周作人素不喜桐城文章,且将不喜的源头追溯至其"祖师爷"韩愈身上,在他看来,"韩愈文起八代之衰,其文章乃虚骄粗犷,正与质雅相反",而"唐宋以来受了这道统文学的影响,一切都没有好事情"。(周作人:《关于家训》)"虚骄粗犷"是文章风格,同时也是周作人所厌恶的"道学家"的气象。在与"载道文学"相对的意义上,"言志"的晚明小品最先为周作人所关注。然而,就趣味而言,晚明小品的浮滑流丽并不符合周作人"自然本色"的文章理想,与"虚骄粗犷"相对的审美趣味,乃是"质雅"和"拙朴",因此,他在关于中国古书的"非正宗的别择"中,拈出"自然大雅"的尺牍,"老实近人情"的家训,"委曲详尽,又合于人情物理"的戒律,以及"趣味渊雅"的清儒笔记来,这末一种尤为周作人所看重。

关于文章之雅俗的判断,周作人有他特殊的眼光,概括而言,在他的趣味之"雅"里,内在地包含着拙朴之"质"的诉求,如果修饰过多,"文"胜于"质",则难免有"大雅若俗"之讥,晚明的才子山人就常常被周作人讥笑为"雅得俗"。"质雅可诵"的六朝文章,是周作人追慕的对象，而"质"胜于"文"的清儒笔记，则更提供了一种学习的契机。周作人正是从清代学者的笔记中得到"以学为文"的启示：

> 笔记的好材料，即是说根据我的常识与趣味的二重标准认为选中的，多不出于有名的文人学士的著述之中，却都在那些悃愊无华的学究们的书里，如俞理初的《癸巳存稿》，郝兰皋的《晒书堂笔录》是也。……为什么呢？中国文人学士大抵各有他们的道统，或严肃的道学派或风流的才子派，虽自有其统系，而缺少温柔敦厚或淡泊宁静之处，这在笔记文学中却是必要的……这一点小事情却含有大意义，盖这里不但指示出看笔记的途径，同时也教了我写文章的方法也。（《秉烛后谈·俞理初的诙谐》）

20世纪30年代以后，以《夜读抄》为标志，周作人开始经营一种清人笔记似的文体，他后来自己戏称曰"文抄公"。他的论学文章，大多如此。这些文章中很少综述，多是关于某一种书的序跋或书话，且多大段抄录原文，末了加些按语，由此连缀成篇。这些"清人笔记似的笔记"，既超越了道学派的空疏，亦避免了才子派的浮滑,"温柔敦厚"也许还谈不上,"淡泊宁静"却是的确有之。周作人在《风雨谈·小引》中表达了一种"风雨故人来"的欣悦:"不佞故人不多,又各忙碌,相见的时候颇少,但是书册上的故人则又殊不少,此随时可晤对也……翻开书册,得听一夕话,已大可喜,若再写下去,自然更妙。"面对《颜氏家训》、《塞耳彭自然史》、《东京散策记》这类佳作,周作人几乎爱惜不尽,而在这种"既见君子,云胡不喜"的愉悦心境下,他的"文抄"式的笔记文章,也写得游刃有余、自然老到。

1930 年,也正是周作人对自己的散文写作做出调整的时期,他在《〈草木虫鱼〉小引》一文中说:

> 我平时很怀疑,心里的情是否可以用言全表了出来,更不信随随便便就表得出来。什么嗟叹啦,永歌啦,手舞足蹈啦的把戏,多少可以发表自己的情意,但是到了成为艺术再给人家去看的时候,恐怕就要发生了好些的变动与间隔,所留存的也就是很微末了。死生之悲哀,爱恋之喜悦,人生最切的悲欢甘苦,绝对地不能以言语形容,更无论文字,至少我是这样感想,世间或者有天才自然也可以有例外,那么我们凡人所可以用文字表现者只是某一

种情意,固然不很粗浅但也不很深切的部分,换句话说,实在是可有可无不关紧要的东西,表现出来聊以宽慰消遣罢了。

这段话很能代表周作人对于语言表达局限的体会和关于文学本质的思考。深刻意识到"言"以达"情"之难,于是搁置对自我之"情"(或"志")的直接言说,只是拈起"草木虫鱼",随意谈之,看似不经意,实乃蕴涵了周作人散文写作的重要转变:从"言志"转向"言物",其中"知识"又重于"情思",已然开启了《夜读抄》及此后的"文抄"之体。这里有周作人因对语言本质的洞悉而在文章中对"自我"所作出的自觉疏离。废名认为周作人散文的好处即在于"隔":"我们总是求把自己的意思说出来,即是求'不隔',平实生活里的意思却未必是说得出来的,知堂先生知道这一点,他是不言而中,说出来无大毛病,不失乎情与礼便好了。"(废名:《关于派别》)"隔"也就是不直接,有迂回舒缓的风致,这是周作人的情感方式,也颇能代表其中年文章的特色。"言物"的"草木虫鱼"系列,是《看云集》中的精彩文章,周作人晚年依然对此念念不忘,但后来续写的几篇,如收在《立春以前》中的《蚯蚓》、《萤火》,《过去的工作》中的《关于红姑娘》等,却生了平板单调之弊,难以与之媲美了。同样将"自我"从文章中适当解脱出来,与这些"言物"之文有相似的迂回舒缓的"隔"的风致,却又更多变化、不为题材所限的,是周作人大量经营的"言学"之文。

从清儒笔记中借鉴了文章写法,加上对于"自我"与"文章"之关系的自觉,周作人在一种"以学为文"的风格实践中获得了表达的自由。他的这类文章常常写得如行云流水,收放自如。《〈东京散策记〉》一文是对他所心仪的日本作家永井荷风的一本随笔集的介绍,在抄录了几段永井的文章之后,文末忽转向对"蒟蒻"的名物考订,这显然是周作人从《花镜》一类风物地志中得来的兴趣,亦为文章平添了"质雅"之色;《〈清嘉录〉》则自顾禄的诗文说起,最后由夏日秤人和梅水烹茶的吴地习俗联想出故乡绍兴的雨水和石板路,仿佛信笔写去,却无意间为文章增添了心情的润泽;《〈隅田川两岸一览〉》谈的是日本浮世绘,却不忘拉出《十竹斋笺谱》刺上两笔,所谓"风吹月照之下还要呵佛骂祖",亦正是周作人的文章特色;至于《荣光之手》,则几乎是一篇摇曳生姿的别致散文,民俗学的解说倒是要在其次了。周作人将他的个人趣味散落在文章各处,隔着"学"隐约地呈现出来。"学",是他所要言说的本体,同时也是他借以表达自我的"媒介"。周作人以这种摇曳和迂回的方式,为中国散文开拓了一条境界开阔的"去路"。

当然,"摇曳"的背后,也不是没有危险。舒芜就指出,周作人文章中时常可见的趋避意味,正是他终生批判却又未能摆脱的"八股"气息。周作人对此也有自觉,1925年,他在《日记与尺牍》中说,自己的文章,"总不免还有做作",在1944年的《立春以前·后记》中又云,"说到文章,实在不行的很,我自己觉得处处还有技巧,这即是做作,平常反对韩愈方苞,却还是在小时候中了毒,到老年未能除尽,不会写自然本色的文章,实是一件恨事。""摇曳多姿"固然有文章之美,却也因一望而知的"技巧",而难以达到周作人所追慕的"平淡自然"的文章理想。事实上,这也是周作人的两难,他在文章中"解放"了"自我",这是他高出许多同时代人的地方,但他到底敌不过"文章"的纠缠。作为散文家,总是分外珍惜自己的"羽毛",但只要计较文章的技巧与好坏,"自然本色"便永远只能是一种难以企及的理想吧。

## 三

　　最后对本书的编选略作说明。

　　全书以周作人《我的杂学》一文为依托,从钟叔和主编的《周作人文类编》十卷中选出三十一篇,以中土/西洋/东洋为界,编为三辑,其中杂学之十八所谈外国语,按照周作人的翻译情况,杂入"西洋"与"东洋"两辑,杂学之十九所谈佛经,也以《谈戒律》为代表,编入"中土"一辑。《我的杂学》一文则作为"纲目"冠于三辑之首。

　　文章的甄选标准,与周作人的"择书"相类似,"计较他们的质,又要估量他们的文",呈现周作人的学术脉络之外,同时也希望突出他的文章之美。但为避免成为纯粹散文集,如演讲稿《日本的小诗》,1949年后周作人为自己的译作所作的序跋也酌量收入,这是为增加"学"的成分,也算是对周作人1944年所作的《我的杂学》的一种补充。

　　第一辑"中土"部分收入文章十一篇,前七篇从周作人所云关于古书的"非正宗的别择"中选出,此外加入《论八股文》、《关于近代散文》、《小说的回忆》和

《关于鲁迅》四篇,以呈现周作人对中国"文学"的理解。《关于鲁迅》在当时或者并非论学文章,但现已成为"鲁迅学"的奠基之作,因此入选。周作人此文写于1936年10月,即鲁迅逝世不久,11月刊登在《宇宙风》29期上,随后收入《瓜豆集》;在1957年出版的《鲁迅的青年时代》中,周作人又将此文收入"附录二",但内容与《瓜豆集》中所载有略微差别,如关于鲁迅的创作,小说部分加入了《故事新编》,散文部分则增加了《野草》,此外还增添了一些后来才查出的注释与附记。本书选用的是《鲁迅的青年时代》中的修改版,取其论学之平实中正。有心的读者可以找来《瓜豆集》,将二文进行对读,行文中的微妙差异,或者会让你多有会心。

"西洋"部分依照《我的杂学》之五至十三"按图索骥",每类一至二篇,共选了九篇,其中儿童学的部分因与日本关系更大,并入第三辑。《〈黄蔷薇〉》、《〈希腊拟曲〉序》两文,《我的杂学》中并未提及,但二者在周作人的翻译生命中均有重要意义,周作人自己在其他地方也多次提到,而在《我的杂学》中他有故意规避"文学"的倾向,本书即有意对周作人的"杂学"之"文学性"进行补充,也算是与他的"自白"所进行的一种对话。

"东洋"部分依此类推。周作人对日本文学的规避,固然有"文学店"之关门的说法,但他在抗战前夕由一系列"日本管窥"所得来觉悟,是更为深刻的原因,即所谓"日本文化可谈,而日本国民性终于是谜似的不可懂"(《知堂乙酉文编·日本管窥之四》),最终周作人勉强从民俗学中找到入口。但事后的觉悟却不可抹杀此前的业绩,为呈现周作人对日本文学的理解,第三辑酌量进入几篇他在"五四"时期的文章,以对他在《我的杂学》中表露出来的强烈的民俗学倾向进行"调和"。

在"西洋"与"东洋"两辑中,还选有两篇译文。翻译对周作人而言,实可当做"抄书"之一种,因他奉行的是趣味的翻译。这里选择《论鬼脸》与《儿童的世界》二文,主要着眼于学术,周作人谈论神话学与儿童学的理论根基实由此而来。

周作人一生所写的文章数以千计,这册薄薄小书,自然难以概揽;周作人的学问,也实在"杂"得可以,虽然有对他的自述的补充,亦难免有"挂一漏万"之险。编者的愿望,只在引起读者对于周作人之学与文的兴趣,晓其杂学之大略,窥其文章之一斑,斯已足矣。此外,本书的编选得到了王风老师的大力帮助,楼霏女士的敦促与宽容,也让我快乐地完成了工作,在此一并表示感谢。

2005 年 1 月

# 目 录

我的杂学 …………………………………（ 1 ）

**第一辑** ……………………………………（ 49 ）

《论语》小记 ………………………………（ 51 ）

关于家训 ……………………………………（ 58 ）

读戒律 ………………………………………（ 63 ）

《五老小简》 ………………………………（ 72 ）

谈笔记 ………………………………………（ 78 ）

《花镜》 ……………………………………（ 87 ）

《清嘉录》 …………………………………（ 92 ）

论八股文 ……………………………………（ 98 ）

关于近代散文 ………………………………（104）

小说的回忆 …………………………………（109）

关于鲁迅 ……………………………………（123）

**第二辑** ……………………………………（135）

《黄蔷薇》 …………………………………（137）

论鬼脸 ……………………………………………（141）

《希腊神话》引言 …………………………（146）

《习俗与神话》 ……………………………（150）

《金枝上的叶子》 …………………………（160）

《塞耳彭自然史》 …………………………（166）

《性的心理》 ………………………………（176）

荣光之手 ……………………………………（183）

《希腊拟曲》序 ……………………………（192）

**第三辑** ………………………………………（197）

汉译《古事记》神代卷引言 ………………（199）

日本的小诗 …………………………………（205）

《歌咏儿童的文学》 ………………………（216）

儿童的世界 …………………………………（220）

《远野物语》 ………………………………（226）

《东京散策记》 ……………………………（234）

《隅田川两岸一览》 ………………………（242）

《浮世澡堂》引言 …………………………（249）

心中 …………………………………………（255）

《江都二色》 ………………………………（262）

明治文学之追忆 ……………………………（269）

# 我的杂学

## 一

小时候读《儒林外史》，后来多还记得，特别是关于批评马二先生的话。第四十九回高翰林说：

"若是不知道揣摩，就是圣人也是不中的。那马先生讲了半生，讲的都是些不中的举业。"又第十八回举人卫体善卫先生说：

"他终日讲的是杂学。听见他杂览到是好的，于文章的理法他全然不知，一味乱闹，好墨卷也被他批坏了。"这里所谓文章是说八股文，杂学是普通诗文，马二先生的事情本来与我水米无干，但是我看了总有所感，仿佛觉得这正是说着我似的。我平常没有一种专门的职业，就只喜欢涉猎闲书，这岂不便是道地的杂学，而且又是不中的举业，大概这一点是无可疑的。我自己所写的东西好坏自知，可是听到世间的是非褒贬，往往不尽相符，有针小棒大之感，觉得有点奇怪，到后来却也明白了。人家不满意，本是极当然的，因为讲的是不中的举业，不知道揣摩，虽圣人也没有用，何况我辈凡人。至于说好的，自然要感谢，其实也何尝真有什么长处，至多是不大说诳，以及多本于常识而已。假如这常识可以算是长处，那么这正是杂览应有的结果，也是当然的事，我们断章取义的借用卫先生的话来说，所谓杂览到是好的也。这里我想把自己的杂学简要的记录一点下来，并不是什么敝帚自珍，实在也只当作一种读书的回想云尔。民国甲申四月末日。

## 二

日本旧书店的招牌上多写着"和汉洋书籍"云云，这固然是店铺里所有的货色，大抵读书人所看的也不出这范围，所以可以说是很能概括的了。现在也就仿照这个意思，从汉文讲起头来。我开始学汉文，还是在甲午以前，距今已是五十余年，其时读书盖专为应科举的准备，终日念四书五经以备作八股文，中午习字，傍晚对课以备作试帖诗而已。鲁迅在辛亥曾戏作小说，假定篇名曰《怀旧》，其中略述书房情状，先生讲《论语》志于学章，教属对，题曰红花，对青桐不协，先生代对曰绿草，又曰，红平声，花平声，绿入声，草上声，则教以辨四声也。此种事情本甚寻常，唯及今提及，已少有知者，故亦不失为值得记录的好资料。我的运气是，在书房里这种书没有读透。我记得在十一岁时还在读"上中"，即是《中庸》的上半卷，后来陆续将经书勉强读毕，八股文凑得起三四百字，可是考不上一个秀才，成绩可想而知。语云，祸兮福所倚。举业文没有弄成功，但我因此认得了好些汉字，慢慢的能够看书，能够写文章，就是说把汉文却是读通了。汉文读通极是普通，或者可以说在中国人正是当然的事，不过这如从举业文中转过身来，他会附随着两种臭味，一是道学家气，一是八大家气，这都是我所不大喜欢的。本来道学这东西没有什么不好，但发现在人间便是道学家，往往假多真少，世间早有定评，我也多所见闻，自然无甚好感。家中旧有一部浙江官书局刻方东树的《汉学商兑》，读了很是不愉快，虽然并不因此被激到汉学里去，对于宋学却起了反感，觉得这么度量褊窄，性情苛刻，就是真道学也有何可贵，倒还是不去学他好。还有一层，我总觉得清朝之讲宋学，是与科举有密切关系的，读书人标榜道学作为求富贵的手段，与跪拜颂扬等等形式不同而作用则一。这些恐怕都是个人的偏见也未可知，总之这样使我脱离了一头羁绊，于后来对于好些事情的思索上有不少的好处。八大家的古文在我感觉也是八股文的长亲，其所以为世人所珍重的最大理由我想即在于此。我没有在书房学过念古文，所以摇头朗诵像唱戏似的那种本领我是不会的，最初只自看《古文析义》，事隔多年几乎全都忘了，近日拿出安越堂平氏校本《古文观止》来看，明了的感觉唐以后文之不行，这样说虽有似明七子的口气，但是事实无可如何。韩柳的文章至少在选本里所收的，都是些《宦乡要则》里的资料，士子做策论，官幕办章奏书启，是很有用的，以文学论不知道好处在哪里。念起来声调好，那是实在的事，但是我想这正是属于八股文一类的证据吧。读前六卷的所谓周秦文以至汉文，总是华实兼具，态度也安详沉着，没有那种奔竞躁进气，此盖为科举制度时代所特有，韩柳文勃兴于唐，盛行至于今日，即以此故，此又一段落也。不佞因为书房教育受得不充分，所以这一关也逃过了，至今想起来还觉得很侥幸，假如我学了八大家文来讲道学，那是道地的正统了，这篇谈杂学的小文也就无从写起了。

## 三

我学国文的经验，在十八九年前曾经写了一篇小文，约略说过。中有云，经可以算读得也不少了，虽然也不能算多，但是我总不会写，也看不懂书，至于礼教的精义尤其茫然，干脆一句话，以前所读的书于我无甚益处，后来的能够略写文字，及养成一种道德观念，乃是全从别的方面来的。关于道德思想将来再说，现在只说读书，即是看了纸上的文字懂得所表现的意思,这种本领是怎么学来的呢。简单的说,这是从小说看来的。大概在十三至十五岁,读了不少的小说,好的坏的都有,这样便学会了看书。由《镜花缘》、《儒林外史》、《西游记》、《水浒传》等渐至《三国演义》,转到《聊斋志异》,这是从白话转入文言的径路。教我懂文言,并略知文言的趣味者,实在是这《聊斋》,并非什么经书或是《古文析义》之流。《聊斋志异》之后,自然是那些《夜谈随录》、《淞隐漫录》等的假《聊斋》,一变而转入《阅微草堂笔记》,这样,旧派文言小说的两派都已经入门,便自然而然的跑到《唐代丛书》里边去了。这种经验大约也颇普通,嘉庆时人郑守庭的《燕窗闲话》中也有相似的记录,其一节云,"予少时读书易于解悟,乃自旁门入。忆十岁随祖母祝寿于西乡顾宅,阴雨兼旬,几上有《列国志》一部,翻阅之,解仅数语,阅三四本后解者渐多,复从头翻阅,解者大半。归家后即借说部之易解者阅之,解有八九。除夕侍祖母守岁,竟夕阅《封神传》半部,《三国志》半部,所有细评无暇详览也。后读《左传》,其事迹已知,但于字句有不明者,讲说时尽心谛听,由是阅他书益易解矣。"不过我自己的经历不但使我了解文义,而且还指引我读书的方向,所以关系也就更大了。《唐代丛书》因为版子都欠佳,至今未曾买好一部,我对于它却颇有好感,里边有几种书还是记得,我的杂览可以说是从那里起头的。小时候看见过的书，虽本是偶然的事，往往留下很深的印象，发生很大的影响。《尔雅音图》、《毛诗品物图考》、《毛诗草木疏》、《花镜》、《笃素堂外集》、《金石存》、《剡录》，这些书大抵并非精本，有的还是石印，但是至今记得，后来都搜得收存，兴味也仍存在。说是幼年的书全有如此力量么，也并不见得，可知这里原是也有别择的。《聊斋》与《阅微草堂》是引导我读古文的书，可是后来对于前者我不喜欢它的词章，对于后者讨嫌它的义理，大有得鱼忘筌之意。《唐代丛书》是杂学入门的课本，现在却亦不能举出若干心喜的书名，或者上边所说《尔雅音图》各书可以充数，这本不在丛书中，但如说是以从《唐代丛书》养成的读书兴味，在丛书之外别择出来的中意的书，这说法也是可以的吧。这个非正宗的别择法一直维持下来，成为我搜书看书的准则。这大要有八类。一是关于《诗经》、《论语》之类。二是小学书，即《说文》、《尔雅》、《方言》之类。三是文化史料类，非志书的地志，特别是关于岁时风土物产者，如《梦忆》、《清嘉录》，又关于乱事如《思痛记》，关于倡优如《板桥杂记》等。四是年谱、日记、游记、家训、尺牍类，最著的例如《颜氏家训》、《入蜀记》等。五是博物书类，即《农书》、《本草》、《诗疏》、《尔雅》各本亦与此有关系。六是笔记类，范围甚广，子部杂家大部分在内。七是佛经之一部，特别是旧译

《譬喻》、《因缘》、《本生》各经，大小乘戒律，代表的语录。八是乡贤著作。我以前常说看闲书代纸烟，这是一句半真半假的话。我说闲书，是对于新旧各式的八股文而言，世间尊重八股是正经文章，那么我这些当然是闲书罢了，我顺应世人这样客气的说，其实在我看来原都是很重要极严肃的东西。重复的说一句，我的读书是非正统的。因此常为世人所嫌憎，但是自己相信其所以有意义处亦在于此。

四

古典文学中我很喜欢《诗经》，但老实说也只以《国风》为主，《小雅》但有一部分耳。说诗不一定固守《小序》或《集传》，平常适用的好本子却难得，有早印的扫叶山庄陈氏本《诗毛氏传疏》，觉得很可喜，时常拿出来翻看。陶渊明诗向来喜欢，文不多而均极佳，安化陶氏本最便用，虽然两种刊板都欠精善。此外的诗，以及词曲，也常翻读，但是我知道不懂得诗，所以不大敢多看，多说。骈文也颇爱好，虽然能否比诗多懂得原是疑问，阅孙隘庵的《六朝丽指》却很多同感，仍不敢贪多，《六朝文絜》及黎氏笺注常备在座右而已。伍绍棠跋《南北朝文钞》云，南北朝人所著书多以骈俪行之，亦均质雅可诵。此语真实，唯诸书中我所喜者为《洛阳伽蓝记》、《颜氏家训》，其他虽皆是篇章之珠泽，文采之邓林，如《文心雕龙》与《水经注》，终苦其太专门，不宜于闲看也。以上就唐以前书举几个例，表明个人的偏好，大抵于文字之外看重所表现的气象与性情，自从韩愈文起八代之衰以后，便没有这种文字，加以科举的影响，后来即使有佳作，也总是质地薄，分量轻，显得是病后的体质了。至于思想方面，我所受的影响又是别有来源的。笼统的说一句，我自己承认是属于儒家思想的，不过这儒家的名称是我所自定，内容的解说恐怕与一般的意见很有些不同的地方。我想中国人的思想是重在适当的做人，在儒家讲仁与中庸正与之相同，用这名称似无不合，其实这正因为孔子是中国人，所以如此，并不是孔子设教传道，中国人乃始变为儒教徒也。儒家最重的是仁，但是智与勇二者也很重要，特别是在后世儒生成为道士化，禅和子化，差役化，思想混乱的时候，须要智以辨别，勇以决断，才能截断众流，站立得住。这一种人在中国却不易找到，因为这与君师的正统思想往往不合，立于很不利的地位，虽然对于国家与民族的前途有极大的价值。上下古今自汉至于清代，我找到了三个人，这便是王充，李贽，俞正燮是也。王仲任的疾虚妄的精神，最显著的表现在《论衡》上。其实别的两人也是一样，李卓吾在《焚书》与《初潭集》，俞理初在《癸巳类稿》、《存稿》上所表示的正是同一的精神。他们未尝不知道多说真话的危险，只因通达物理人情，对于世间许多事情的错误不实看得太清楚，忍不住要说，结果是不讨好，却也不在乎，这种爱真理的态度是最可宝贵，学术思想的前进就靠此力量，只可惜在中国历史上不大多见耳。我尝称他们为中国思想界之三盏灯火，虽然很是辽远微弱，在后人却是贵重的引路的标识。太史公曰，高山仰止，景行行止，虽不能至，然心向往之。对于这几位先贤我也正是如此，学是学不到，但疾虚妄，重情理，总作为我们的理想，随时注意，不敢不勉。古今笔记所见不少，披沙拣金，千不得一，不足言劳，但苦寂寞。民国以来号称思想革命，而实亦殊少成绩，所知者唯蔡孑民钱玄同二先生可当其选，但多未著之笔墨，清言既绝，亦复无可征考，所可痛惜也。

## 五

我学外国文，一直很迟，所以没有能够学好，大抵只可看看书而已。光绪辛丑进江南水师学堂当学生，才开始学英文，其时年已十八，至丙辰被派往日本留学，不得不再学日本文，则又在五年后矣。我们学英文的目的为的是读一般理化及机器书籍，所用课本最初是《华英初阶》以至《进阶》，参考书是考贝纸印的《华英字典》，其幼稚可想，此外西文还有什么可看的书全不知道，许多前辈同学毕业后把这几本旧书抛弃净尽，虽然英语不离嘴边，再也不一看横行的书本，正是不足怪的事。我的运气是同时爱看新小说，因了林氏译本知道外国有司各得哈葛德这些人，其所著书新奇可喜，后来到东京又见西书易得，起手买一点来看，从这里得到了不少的益处。不过我所读的却并不是英文学，只是借了这文字的媒介杂乱的读些书，其一部分是欧洲弱小民族的文学。当时日本有长谷川二叶亭与升曙梦专译俄国作品，马场孤蝶多介绍大陆文学，我们特别感到兴趣，一面又因《民报》在东京发刊，中国革命运动正在发达，我们也受了民族思想的影响，对于所谓被损害与侮辱的国民的文学更比强国的表示尊重与亲近。这里边，波兰、芬兰、匈牙利、新希腊等最是重要，俄国其时也正在反抗专制，虽非弱小而亦被列入。那时影响至今尚有留存的，即是我的对于几个作家的爱好，俄国的果戈理与伽尔洵，波兰的显克威支，虽然有时可以十年不读，但心里还是永不忘记。陀思妥也夫斯奇也极是佩服，可是有点敬畏，向来不敢轻易翻动，也就较为疏远了。摩斐耳的《斯拉夫文学小史》，克罗巴金的《俄国文学史》，勃兰特思的《波兰印象记》，赖息的《匈牙利文学史论》，这些都是四五十年前的旧书，于我却是很有情分，回想当日读书的感激历历如昨日，给予我的好处亦终未亡失。只可惜我未曾充分利用，小说前后译出三十几篇，收在两种短篇集内，史传批评则多止读过独自怡悦耳。但是这也总之不是徒劳的事，民国六年来到北京大学，被命讲授欧洲文学史，就把这些拿来做底子，而这以后七八年间的教书，督促我反复的查考文学史料，这又给我做了一种训练。我最初只是关于古希腊与十九世纪欧洲文学的一部分有点知识，后来因为要教书编讲义，其他部分须得设法补充，所以起头这两年虽然只担任六小时功课，却真是日不暇给，查书写稿之外几乎没有别的事情可做，可是结果并不满意，讲义印出了一本，十九世纪这一本终于不曾付印，这门功课在几年之后也停止了。凡文学史都不好讲，何况是欧洲的，那几年我知道自误误人的确不浅，早早中止还是好的，至于我自己实在却仍得着好处，盖因此勉强读过多少书本，获得一般文学史的常识，至今还是有用，有如教练兵操，本意在上阵，后虽不用，而此种操练所余留的对于体质与精神的影响则固长存在，有时亦觉得颇可感谢者也。

## 六

从西文书中得来的知识，此外还有希腊神话。说也奇怪，我在学校里学过几年希腊文，近来翻译亚坡罗陀洛斯的神话集，觉得这是自己的主要工作之一，可是最初之认识与理解希腊神话却是全从英文的著书来的。我到东京的那年，买得该莱的《英文学中之古典神话》，随后又得到安特路朗的两本《神话仪式与宗教》，这样便使我与神话发生了关系。当初听说要懂西洋文学须得知道一点希腊神话，所以去找一两种参考书来看，后来对于神话本身有了兴趣，便又去别方面寻找，于是在神话集这面有了亚坡罗陀洛斯的原典，福克斯与洛士各人的专著，论考方面有哈理孙女士的《希腊神话论》以及宗教各书，安特路朗的则是神话之人类学派的解说，我又从这里引起对于文化人类学的趣味来的。世间都说古希腊有美的神话，这自然是事实，只需一读就会知道，但是其所以如此又自有其理由，这说起来更有意义。古代埃及与印度也有特殊的神话，其神道多是鸟头牛首，或者是三头六臂，形状可怕，事迹亦多怪异，始终没有脱出宗教的区域，与艺术有一层的间隔。希腊的神话起源本亦相同，而逐渐转变，因为如哈理孙女士所说，希腊民族不是受祭司支配而是受诗人支配的，结果便由他们把那些都修造成为美的影像了。"这是希腊的美术家与诗人的职务，来洗除宗教中的恐怖分子，这是我们对于希腊的神话作者的最大的负债。"我们中国人虽然以前对于希腊不曾负有这项债务，现在却该奋发去分一点过来，因为这种希腊精神即使不能起死回生，也有返老还童的力量，在欧洲文化史上显然可见，对于现今的中国，因了多年的专制与科举的重压，人心里充满着丑恶与恐怖而日就萎靡，这种一阵清风似的被除力是不可少,也是大有益的。我从哈理孙女士的著书得悉希腊神话的意义,实为大幸,只恨未能尽力绍介,亚坡罗陀洛斯的书本文译毕,注释恐有三倍的多,至今未曾续写,此外还该有一册通俗的故事,自己不能写,翻译更是不易。劳斯博士于一九三四年著有《希腊的神与英雄与人》,他本来是古典学者,文章写得很有风趣,在一八九七年译过《新希腊小说集》,序文名曰《在希腊诸岛》,对于古旧的民间习俗颇有理解,可以算是最适任的作者了,但是我不知怎的觉得这总是基督教国人写的书,特别是通俗的为儿童用的,这与专门书不同,未免有点不相宜,未能决心去译他,只好且放下。我并不一定以希腊的多神教为好,却总以为他的改教可惜,假如希腊能像中国、日本那样,保存旧有的宗教道德,随时必要的加进些新分子,有如佛教基督教之在东方,调和的发展下去,岂不更有意思。不过已经过去的事是没有办法了,照现在的事情来说,在本国还留下些生活的传统,劫余的学问艺文在外国甚被宝重,一直研究传播下来,总是很好的了。我们想要讨教,不得不由基督教国去转手,想来未免有点别扭,但是为希腊与中国再一计量,现在得能如此也已经是可幸的事了。

## 七

　　安特路朗是个多方面的学者文人,他的著书很多,我只有其中的文学史及评论类,古典翻译介绍类,童话儿歌研究类,最重要的是神话学类,此外也有些杂文,但是如《垂钓漫录》以及诗集却终于未曾收罗。这里边于我影响最多的是神话学类中之《习俗与神话》、《神话仪式与宗教》这两部书,因为我由此知道神话的正当解释,传说与童话的研究也于是有了门路了。十九世纪中间欧洲学者以言语之病解释神话,可是这里有个疑问,假如亚利安族神话起源由于亚利安族言语之病,那么这是很奇怪的,为什么在非亚利安族言语通行的地方也会有相像的神话存在呢? 在语言系统不同的民族里都有类似的神话传说,说这神话的起源都由于言语的传讹,这在事实上是不可能的。言语学派的方法既不能解释神话里的荒唐不合理的事件,人类学派乃代之而兴,以类似的心理状态发生类似的行为为解说,大抵可以得到合理的解决。这最初称之曰民俗学的方法,在《习俗与神话》中曾有说明,其方法是,如在一国见有显是荒唐怪异的习俗,要去找到别一国,在那里也有类似的习俗,但是在那里不特并不荒唐怪异,却正与那人民的礼仪思想相合。对于古希腊神话也是用同样的方法,取别民族类似的故事来做比较，以现在尚有存留的信仰推测古时已经遗忘的意思，大旨可以明了，盖古希腊人与今时某种土人其心理状态有类似之处，即由此可得到类似的神话传说之意义也。《神话仪式与宗教》第三章以下论野蛮人的心理状态，约举其特点有五，即一万物同等，均有生命与知识，二信法术，三信鬼魂，四好奇，五轻信。根据这里的解说，我们已不难了解神话传说以及童话的意思，但这只是入门，使我更知道得详细一点的，还靠了别的两种书，即是哈忒兰的《童话之科学》与麦扣洛克的《小说之童年》。《童话之科学》第二章论野蛮人思想，差不多大意相同，全书分五目九章详细叙说。《小说之童年》副题即云"民间故事与原始思想之研究"，分四类十四目，更为详尽，虽出版于一九○五年，却还是此类书中之白眉，夷亚斯莱在二十年后著《童话之民俗学》，亦仍不能超出其范围也。神话与传说童话原出一本，随时转化，其一是宗教的，其二则是史地类，其三属于艺文，性质稍有不同，而其解释还是一样，所以能读神话而遂通童话，正是极自然的事。麦扣洛克称其书曰《小说之童年》，即以民间故事为初民之小说，犹之朗氏谓说明的神话是野蛮人的科学，说的很有道理。我们看这些故事，未免因了考据癖要考察其意义，但同时也当作艺术品看待，得到好些悦乐。这样我就又去搜寻各种童话，不过这里的目的还是偏重在后者，虽然知道野蛮民族的也有价值,所收的却多是欧亚诸国,自然也以少见为贵,如土耳其、哥萨克、俄国等。法国贝洛耳,德国格林兄弟所编的故事集,是权威的著作,我所有的又都有安特路朗的长篇引论,很是有用,但为友人借看,带到南边去了,现尚无法索还也。

## 八

我因了安特路朗的人类学派的解说,不但懂得了神话及其同类的故事,而且也知道了文化人类学,这又称为社会人类学,虽然本身是一种专门的学问,可是这方面的一点知识于读书人很是有益,我觉得也是颇有趣味的东西。在英国的祖师是泰勒与拉薄克,所著《原始文明》与《文明之起源》都是有权威的书。泰勒又有《人类学》,也是一册很好入门书,虽是一八八一年的初版,近时却还在翻印,中国广学会曾经译出,我于光绪丙午在上海买到一部,不知何故改名为《进化论》,又是用有光纸印的,未免可惜,后来恐怕也早绝版了。但是于我最有影响的还是那《金枝》的有名的著者萧来若博士。社会人类学是专研究礼教习俗这一类的学问,据他说研究有两方面,其一是野蛮人的风俗思想,其二是文明国的民俗,盖现代文明国的民俗大都即是古代蛮风之遗留,也即是现今野蛮风俗的变相,因为大多数的文明衣冠的人物在心里还依旧是个野蛮。因此这比神话学用处更大，他所讲的包括神话在内，却更是广大，有些我们平常最不可解的神圣或猥亵的事项，经那么一说明，神秘的面幕倏尔落下，我们懂得了时不禁微笑，这是同情的理解，可是威严的压迫也就消解了。这于我们是很好很有益的，虽然于假道学的传统未免要有点不利，但是此种学问在以伪善著称的西国发达，未见有何窒碍，所以在我们中庸的国民中间，能够多被接受本来是极应该的吧。弗来若的著作除《金枝》这一流的大部著书五部之外，还有若干种的单册及杂文集，他虽非文人而文章写得很好，这颇像安特路朗，对于我们非专门家而想读他的书的人是很大的一个便利。他有一册《普须该的工作》，是四篇讲义专讲迷信的，觉得很有意思，后来改名曰《魔鬼的辩护》，日本已有译本在岩波文库中，仍用他的原名，又其《金枝》节本亦已分册译出。弗来若夫人所编《金枝上的叶子》又是一册启蒙读本，读来可喜又复有益，我在《夜读抄》中写过一篇介绍，却终未能翻译，这于今也已是十年前事了。此外还有一位原籍芬兰而寄居英国的威思忒玛克教授，他的大著《道德观念起源发达史》两册，于我影响也很深。弗来若在《金枝》第二分序言中曾说明各民族的道德与法律均常在变动，不必说异地异族，就是同地同族的人，今昔异时，其道德观念与行为亦遂不同。威思忒玛克的书便是阐明这道德的流动的专著，使我们确实明了的知道了道德的真相，虽然因此不免打碎了些五色玻璃似的假道学的摆设，但是为生与生生而有的道德的本义则如一块水晶，总是明澈的看得清楚了。我写文章往往牵引到道德上去，这些书的影响可以说是原因之一部分，虽然其基本部分还是中国的与我自己的。威思忒玛克的专门巨著还有一部《人类婚姻史》，我所有的只是一册小史，又"六便士丛书"中有一种曰《结婚》，只是八十页的小册子，却很得要领。同丛书中也有哈理孙女士的一册《希腊罗马神话》，大抵即根据《希腊神话论》所改写者也。

## 九

　　我对于人类学稍有一点兴味，这原因并不是为学，大抵只是为人，而这人的事情也原是以文化之起源与发达为主。但是人在自然中的地位，如严几道古雅的译语所云化中人位，我们也是很想知道的，那么这条路略一拐弯便又一直引到进化论与生物学那边去了。关于生物学我完全只是乱翻书的程度，说得好一点也就是涉猎，据自己估价不过是受普通教育过的学生应有的知识，此外加上多少从杂览来的零碎资料而已。但是我对于这一方面的爱好，说起来原因很远，并非单纯的为了化中人位的问题而引起的。

我在上文提及，以前也写过几篇文章讲到，我所喜欢的旧书中有一部分是关于自然名物的，如《毛诗草木疏》及《广要》、《毛诗品物图考》、《尔雅音图》及郝氏《义疏》、汪曰桢《湖雅》、《本草纲目》、《野菜谱》、《花镜》、《百廿虫吟》等。照时代来说，除《毛诗》、《尔雅》诸图外最早看见的是《花镜》，距今已将五十年了，爱好之心却始终未变，在康熙原刊之外还买了一部日本翻本，至今也仍时时拿出来看。看《花镜》的趣味，既不为的种花，亦不足为作文的参考，在现今说与人听，是不容易领解，更不必说同感的了。因为最初有这种兴趣，后来所以牵连开去，应用在思想问题上面，否则即使为得要了解化中人位，生物学知识很是重要，却也觉得麻烦，懒得去动手了吧。外国方面认得怀德的博物学的通信集最早，就是世间熟知的所谓《色耳彭的自然史》，此书初次出版还在清乾隆五十四年，至今重印不绝，成为英国古典中唯一的一册博物书。但是近代的书自然更能供给我们新的知识，于目下的问题也更有关系，这里可以举出汤木孙与法勃耳二人来，因为他们于学问之外都能写得很好的文章，这于外行的读者是颇有益处的。汤木孙的英文书收了几种，法勃耳的《昆虫记》只有全集日译三种，英译分类本七八册而已。我在民国八年写过一篇《祖先崇拜》，其中曾云，我不信世上有一部经典，可以千百年来当人类的教训的，只有记载生物的生活现象的比阿洛支,才可供我们参考,定人类行为的标准。这也可以翻过来说,经典之可以作教训者,因其合于物理人情,即是由生物学通过之人生哲学,故可贵也。我们听法勃耳讲昆虫的本能之奇异,不禁感到惊奇,但亦由此可知焦理堂言生与生生之理,圣人不易,而人道最高的仁亦即从此出。再读汤木孙谈落叶的文章,每片树叶在将落之前,必先将所有糖分叶绿等贵重成分退还给树身,落在地上又经蚯蚓运入土中,化成植物性壤土,以供后代之用,在这自然的经济里可以看出别的意义,这便是树叶的忠荩,假如你要谈教训的话。《论语》里有"小子何莫学夫诗"一章,我很是喜欢,现在倒过来说,多识于鸟兽草木之名,可以兴,可以观,可以群,可以怨,迩之事父,远之事君,觉得也有新的意义,而且与事理也相合,不过事君或当读作尽力国事而已。说到这里话似乎有点硬化了,其实这只是推到极端去说,若是平常我也还只是当闲书看,派克洛夫忒所著的《动物之求婚》与《动物之幼年》二书,我也觉得很有意思,虽然并不一定要去寻求什么教训。

十

民国十六年春间我在一篇小文中曾说,我所想知道一点的都是关于野蛮人的事,一是古野蛮,二是小野蛮,三是文明的野蛮。一与三是属于文化人类学的，上文约略说及，这其二所谓小野蛮乃是儿童，因为照进化论讲来，人类的个体发生原来和系统发生的程序相同，胚胎时代经过生物进化的历程，儿童时代又经过文明发达的历程，所以幼稚这一段落正是人生之蛮荒时期，我们对于儿童学的有些兴趣这问题，差不多可以说是从人类学连续下来的。自然大人对于小儿本有天然的情爱，有时很是痛切，日本文中有"儿烦恼"一语，最有意味，《庄子》又说圣王用心，嘉孺子而哀妇人，可知无间高下人同此心。不过于这主观的慈爱之上又加以客观的了解，因而成立儿童学这一部门，乃是极后起的事，已在十九世纪的后半了。我在东京的时候得到高岛平三郎编《歌咏儿童的文学》及所著《儿童研究》，才对于这方面感到兴趣，其时儿童学在日本也刚开始发达。斯丹莱贺耳博士在西洋为斯学之祖师，所以后来参考的书多是英文的，塞来的《儿童时期之研究》虽已是古旧的书，我却很是珍重，至今还时常想起。以前的人对于儿童多不能正当理解，不是将他当作小形的成人，期望他少年老成，便将他看作不完全的小人，说小孩懂得什么，一笔抹杀，不去理他。现在才知道儿童在生理心理上虽然和大人有点不同，但他仍是完全的个人，有他自己内外两面的生活。这是我们从儿童学所得来的一点常识，假如要说救救孩子大概都应以此为出发点的，自己惭愧于经济政治等无甚知识，正如讲到妇女问题时一样，未敢多说，这里与我有关系的还只是儿童教育里一部分，即是童话与儿歌。在二十多年前我写过一篇《儿童的文学》，引用外国学者的主张，说儿童应该读文学的作品，不可单读那些商人们编撰的读本，念完了读本虽然认识了字，却不会读书，因为没有读书的趣味。幼小的儿童不能懂名人的诗文，可以读童话，唱儿歌，此即是儿童的文学。正如在《小说之童年》中所说，传说故事是文化幼稚时期的小说，为古人所喜欢，为现时野蛮民族与乡下人所喜欢，因此也为小孩们所喜欢，是他们共通的文学，这是确实无疑的了。这样话又说了回来，回到当初所说的小野蛮的问题上面，本来是我所想要知道的事情，觉得去费点心稍为查考也是值得的。我在这里至多也只把小朋友比做红印度人，记得在贺耳派的论文中，有人说小孩害怕毛茸茸的东西和大眼睛，这是因为森林生活时恐怖之遗留，似乎说的新鲜可喜，又有人说，小孩爱弄水乃是水栖生活的遗习，却不知道究竟如何了。茀洛伊特的心理分析应用于儿童心理，颇有成就，曾读瑞士波都安所著书，有些地方觉得很有意义，说明希腊肿足王的神话最为确实，盖此神话向称难解，如依人类学派的方法亦未能解释清楚者也。

## 十一

性的心理，这于我益处很大，我平时提及总是不惜表示感谢。从前在论《自己的文章》一文中曾云：

"我的道德观恐怕还当说是儒家的，但左右的道与法两家也都有点参合在内，外边又加了些现代科学常识，如生物学人类学以及性的心理，而这末一点在我更为重要。古人有面壁悟道的，或是看蛇斗蛙跳懂得写字的道理，我却从妖精打架上想出道德来，恐不免为傻大姐所窃笑吧。"本来中国的思想在这方面是健全的，如《礼记》上说，饮食男女，人之大欲存焉。又《庄子》设为尧舜问答，嘉孺子而哀妇人，为圣王之所用心，气象很是博大。但是后来文人堕落，渐益不成话说，我曾武断的评定，只是看他关于女人或佛教的意见，如通顺无疵，才可以算作甄别及格，可是这是多么不容易呀。近四百年中也有过李贽、王文禄、俞正燮诸人，能说几句合于情理的话，却终不能为社会所容认。俞君生于近世，运气较好，不大挨骂，李越缦只嘲笑他说，颇好为妇人出脱，语皆偏谲，似谢夫人所谓出于周姥者。这种出于周姥似的意见实在却极是难得，荣启期生为男子身，但自以为幸耳，若能知哀妇人而为之代言，则已得圣王之心传，其贤当不下于周公矣。我辈生在现代的民国，得以自由接受性心理的新知识，好像是拿来一节新树枝接在原有思想的老干上去，希望能够使它强化，自然发达起来，这个前途辽远一时未可预知，但于我个人总是觉得颇受其益的。这主要的著作当然是蔼理斯的《性的心理研究》。此书第一册在一八九八年出版，至一九一〇年出第六册，算是全书完成了，一九二八年续刊第七册，仿佛是补遗的性质。一九三三年即民国二十二年，蔼理斯又刊行了一册简本《性的心理》，为现代思想的新方面丛书之一，其时著者盖已是七十四岁了。我学了英文，既不读莎士比亚，不见得有什么用处，但是可以读蔼理斯的原著，这时候我才觉得，当时在南京那几年洋文讲堂的功课可以算是并不白费了。性的心理给予我们许多事实与理论，这在别的性学大家如福勒耳、勃洛赫、鲍耶尔、凡特威耳特诸人的书里也可以得到，可是那从明净的观照出来的意见与论断，却不是别处所有，我所特别心服者就在于此。从前在《夜读抄》中曾经举例，叙说蔼理斯的意见，以为性欲的事情有些无论怎么异常以至可厌恶，都无责难或干涉的必要，除了两种情形以外，一是关系医学，一是关系法律的。这就是说，假如这异常的行为要损害他自己的健康，那么他需要医药或精神治疗的处置，其次假如这要损及对方的健康或权利，那么法律就应加以干涉。这种意见我觉得极有道理，既不保守，也不急进，据我看来还是很有点合于中庸的吧。说到中庸,那么这颇与中国接近,我真相信如中国保持本有之思想的健全性,则对于此类意思理解自至容易,就是我们现在也正还托这庇荫,希望思想不至于太乌烟瘴气化也。

## 十二

蔼理斯的思想我说他是中庸,这并非无稽,大抵可以说得过去,因为西洋也本有中庸思想,即在希腊,不过中庸称为有节,原意云康健心,反面为过度,原意云狂恣。蔼理斯的文章里多有这种表示,如《论圣芳济》中云,有人以禁欲或耽溺为其生活之唯一目的者,其人将在尚未生活之前早已死了。又云,生活之艺术,其方法只在于微妙地混合取与舍二者而已。《性的心理》第六册末尾有一篇跋文,最后的两节云:

> 我很明白有许多人对于我的评论意见不大能够接受,特别是在末册里所表示的。有些人将以我的意见为太保守,有些人以为太偏激。世上总常有人很热心的想攀住过去,也常有人热心的想攫得他们所想像的未来。但是明智的人站在二者之间,能同情于他们,却知道我们是永远在于过渡时代。在无论何时,现在

只是一个交点,为过去与未来相遇之处,我们对于二者都不能有何怨怼。不能有世界而无传统,亦不能有生命而无活动。正如赫拉克莱多思在现代哲学的初期所说,我们不能在同一川流中入浴二次,虽然如我们在今日所知,川流仍是不息的回流着。没有一刻无新的晨光在地上,也没有一刻不见日没。最好是闲静的招呼那熹微的晨光,不必忙乱的奔上前去,也不要对于落日忘记感谢那曾为晨光之垂死的光明。

在道德的世界上,我们自己是那光明使者,那宇宙的历程即实现在我们身上。在一个短时间内,如我们愿意,我们可以用了光明去照我们路程的周围的黑暗。正如在古代火把竞走——这在路克勒丢思看来似是一切生活的象征——里一样,我们手持火把,沿着道路奔向前去。不久就会有人从后面来,追上我们。我们所有的技巧便在怎样的将那光明固定的炬火递在他手内,那时我们自己就隐没到黑暗里去。

这两节话我顶喜欢,觉得是一种很好的人生观,现代丛书本的《新精神》卷首,即以此为题词,我时常引用,这回也是第三次了。蔼理斯的专门是医生,可是他又是思想家,此外又是文学批评家,在这方面也使我们不能忘记他的绩业。他于三十岁时刊行《新精神》,中间又有《断言》一集，《从卢梭到普鲁斯忒》出版时年已七十六，皆是文学思想论集，前后四十余年而精神如一，其中如论惠忒曼、加沙诺伐、圣芳济、尼可拉先生的著者勒帖夫诸文，独具见识，都不是在别人的书中所能见到的东西。我曾说，精密的研究或者也有人能做，但是那样宽广的眼光，深厚的思想，实在是极不易再得。事实上当然是因为有了这种精神，所以做得那性心理研究的工作，但我们也希望可以从性心理养成一点好的精神，虽然未免有点我田引水，却是诚意的愿望。由这里出发去着手于中国妇女问题，正是极好也极难的事，我们小乘的人无此力量，只能守开卷有益之训，暂以读书而明理为目的而已。

## 十三

关于医学我所有的只是平人的普通常识，但是对于医学史却是很有兴趣。医学史现有英文本八册，觉得胜家博士的最好，日本文三册，富士川著《日本医学史》是一部巨著，但是纲要似更为适用，便于阅览。医疗或是生物的本能，如犬猫之自舐其创是也，但其发展为活人之术，无论是用法术或方剂，总之是人类文化之一特色，虽然与梃刃同是发明，而意义迥殊，中国称蚩尤作五兵，而神农尝药辨性，为人皇，可以见矣。医学史上所记便多是这些仁人之用心，不过大小稍有不同，我翻阅二家小史，对于法国巴斯德与日本杉田玄白的事迹，常不禁感叹，我想假如人类要找一点足以自夸的文明证据，大约只可求之于这方面罢。我在《旧书回想记》里这样说过，已是四五年前的事，近日看伊略忒斯密士的《世界之初》，说创始耕种灌溉的人成为最初的王，在他死后便被尊崇为最初的神，还附有五千多年前的埃及石刻画，表示古圣王在开掘沟渠，又感觉很有意味。按神农氏在中国正是极好的例，他教民稼穑，又发明医药，农固应为神，古语云，不为良相，便为良医，可知医之尊，良相云者即是讳言王耳。我常想到巴斯德从啤酒的研究知道了霉菌的传染，这影响于人类福利者有多么大，单就外科、伤科、产科来说，因了消毒的施行，一年中要救助多少人命，以功德论，恐怕十九世纪的帝王将相中没有人可以及得他来。有一个时期我真想涉猎到霉菌学史去，因为受到相当大的感激，觉得这与人生及人道有极大的关系，可是终于怕得看不懂，所以没有决心这样做。但是这回却又伸展到反对方面去，对于妖术史发生了不少的关心。据茂来女士著《西欧的巫教》等书说，所谓妖术即是古代土著宗教之遗留，大抵与古希腊的地母祭相近，只是被后来基督教所压倒，变成秘密结社，被目为撒旦之徒，痛加剿除，这就是中世有名的神圣审问，至十七世纪末才渐停止。这巫教的说明论理是属于文化人类学的，本来可以不必分别，不过我的注意不是在他本身，却在于被审问追迹这一段落，所以这里名称也就正称之曰妖术。那些念佛宿山的老太婆们原来未必有什么政见，一旦捉去拷问，供得荒唐颠倒，结果坐实她们会得骑扫帚飞行，和宗旨不正的学究同付火刑，真是冤枉的事。我记得中国杨恽以来的文字狱与孔融以来的思想狱，时感恐惧，因此对于西洋的神圣审问也感觉关切，而审问史关系神学问题为多，鄙性少信未能甚解，故转而截取妖术的一部分，了解较为容易。我的读书本来是很杂乱的，别的方面或者也还可以料得到，至于妖术恐怕说来有点鹘突，亦未可知，但在我却是很正经的一件事，也颇费心收罗资料，如散茂士的四大著，即是《妖术史》与《妖术地理》、《僵尸》、《人狼》，均是寒斋的珍本也。

## 十四

我的杂览从日本方面得来的也并不少。这大抵是关于日本的事情，至少也以日本为背景，这就是说很有点地方的色彩，与西洋的只是学问关系的稍有不同。有如民俗学本发源于西欧，涉猎神话传说研究与文化人类学的时候，便碰见好些交叉的处所，现在却又来提起日本的乡土研究，并不单因为二者学风稍殊之故，乃是别有理由的。《乡土研究》刊行的初期，如南方熊楠那些论文，古今内外的引证，本是旧民俗学的一路，柳田国男氏的主张逐渐确立，成为国民生活之史的研究，名称亦归结于民间传承。我们对于日本感觉兴味，想要了解他的事情，在文学艺术方面摸索很久之后，觉得事倍功半，必须着手于国民感情生活，才有入处，我以为宗教最是重要，急切不能直入，则先注意于其上下四旁，民间传承正是绝好的一条路径。我常觉得中国人民的感情与思想集中于鬼，日本则集中于神，故欲了解中国须得研究礼俗，了解日本须得研究宗教。柳田氏著书极富，虽然关于宗教者不多，但如《日本之祭事》一书，给我很多的益处，此外诸书亦均多可作参证。当《远野物语》出版的时候，我正寄寓在本乡，跑到发行所去要了一册，共总刊行三百五十部，我所有的是第二九一号。因为书面上略有墨痕，想要另换一本，书店的人说这是编号的，只能顺序出售，这件小事至今还记得清楚。这与《石神问答》都是明治庚戌年出版，在《乡土研究》创刊前三年，是柳田氏最早的著作，以前只有一册《后狩词记》，终于没有能够搜得。对于乡土研究的学问我始终是外行，知道不到多少，但是柳田氏的学识与文章我很是钦佩，从他的许多著书里得到不少的利益与悦乐。与这同样情形的还有日本的民艺运动与柳宗悦氏。柳氏本系《白桦》同人，最初所写的多是关于宗教的文章，大部分收集在《宗教与其本质》一册书内。我本来不大懂宗教的，但柳氏诸文大抵读过，这不但因为意思诚实，文章朴茂，实在也由于所讲的是神秘道即神秘主义，合中世纪基督教与佛道各分子而贯通之，所以虽然是槛外也觉得不无兴味。柳氏又著有《朝鲜与其艺术》一书，其后有集名曰《信与美》，则收辑关于宗教与艺术的论文之合集也。民艺运动约开始于二十年前，在《什器之美》论集与柳氏著《工艺之道》中意思说得最明白，大概与摩理斯的拉飞耳前派主张相似，求美于日常用具、集团的工艺之中，其虔敬的态度前后一致，信与美一语洵足以包括柳氏学问与事业之全貌矣。民艺博物馆于数年前成立，惜未及一观，但得见图录等，已足令人神怡。柳氏著《初期大津绘》，浅井巧著《朝鲜之食案》，为民艺丛书之一，浅井氏又有《朝鲜陶器名汇》，均为寒斋所珍藏之书。又柳氏近著《和纸之美》，中附样本二十二种，阅之使人对于佳纸增贪惜之念。寿岳文章调查手漉纸工业，得其数种著书，近刊行其《纸漉村旅日记》，则附有样本百三十四，照相百九十九，可谓大观矣。式场隆三郎为精神病院长，而经管民艺博物馆与《民艺月刊》，著书数种，最近得其大版随笔《民艺与生活》之私家版，只印百部，和纸印刷，有芹泽銈介作插画百五十，以染绘法作成后制版，再一一着色，觉得比本文更耐看。中国的道学家听之恐要说是玩物丧志，唯在鄙人则固唯有感激也。

## 十五

我平常有点喜欢地理类的杂地志这一流的书，假如是我比较的住过好久的地方，自然特别注意，例如绍兴、北京，东京虽是外国，也算是其一。对于东京与明治时代我仿佛颇有情分，因此略想知道它的人情物色，延长一点便进到江户与德川幕府时代，不过上边的战国时代未免稍远，那也就够不到了。最能谈讲维新前后的事情的要推三田村鸢鱼，但是我更喜欢马场孤蝶的《明治之东京》，只可惜他写的不很多。看图画自然更有意思，最有艺术及学问的意味的有户冢正幸即东东亭主人所编的《江户之今昔》，福原信三编的《武藏野风物》。前者有图版百零八枚，大抵为旧东京府下今昔史迹，其中又收有民间用具六十余点，则兼涉及民艺，后者为日本写真会会员所合作，以摄取渐将亡失之武藏野及乡土之风物为课题，共收得照相千点以上，就中选择编印成集，共一四四枚，有柳田氏序。描写武藏野一带者，国木田独步德富芦花以后人很不少，我觉得最有意思的却是永井荷风的《日和下驮》，曾经读过好几遍，翻看这些写真集时又总不禁想起书里的话来。再往前去这种资料当然是德川时代的浮世绘，小岛乌水的浮世绘与风景画已有专书，广重有《东海道五十三次》，北斋有《富岳三十六景》等，几乎世界闻名，我们看看复刻本也就够有趣味，因为这不但画出风景，又是特殊的彩色木版画，与中国的很不相同。但是浮世绘的重要特色不在风景，乃是在于市井风俗，这一面也是我们所要看的。背景是市井，人物却多是女人，除了一部分画优伶面貌的以外，而女人又多以妓女为主，因此讲起浮世绘便总容易牵连到吉原游廓，事实上这二者确有极密切的关系。画面很是富丽，色彩也很艳美，可是这里边常有一抹暗影，或者可以说是东洋色，读中国的艺与文，以至于道也总有此感，在这画上自然也更明了。永井荷风著《江户艺术论》第一章中曾云：

我反省自己是什么呢？我非威耳哈伦似的比利时人而是日本人也，生来就和他们的运命及境遇迥异的东洋人也。恋爱的至情不必说了，凡对于异性之性欲的感觉悉视为最大的罪恶，我辈即奉戴此法制者也。承受胜不过啼哭的小孩和地主的教训之人类也，知道说话则唇寒的国民也。使威耳哈伦感奋的那滴着鲜血的肥羊肉与芳醇的葡萄酒与强壮的妇女之绘画，都于我有什么用呢。呜呼，我爱浮世绘。苦海十年为亲卖身的游女的绘姿使我泣，凭倚竹窗茫然看着流水的艺伎的姿态使我喜，卖宵夜面的纸灯寂寞地停留着的河边的夜景使我醉。雨夜啼月的杜鹃，阵雨中散落的秋天树叶,落花飘风的钟声,途中日暮的山路的雪,凡是无常,无告,无望的,使人无端嗟叹此世只是一梦的,这样的一切东西,于我都是可亲,于我都是可怀。

这一节话我引用过恐怕不止三次了。我们因为是外国人,感想未必完全与永井氏相同,但一样有的是东洋人的悲哀,所以于当作风俗画看之外,也常引起怅然之感,古人闻清歌而唤奈何,岂亦是此意耶。

# 十六

浮世绘如称为风俗画,那么川柳或者可以称为风俗诗吧。说也奇怪,讲浮世绘的人后来很是不少了,但是我最初认识浮世绘乃是由于宫武外骨的杂志《此花》,也因了他而引起对于川柳的兴趣来的。外骨是明治大正时代著述界的一位奇人,发刊过许多定期或单行本,而多与官僚政治及假道学相抵触,被禁至三十余次之多。其刊物皆铅字和纸,木刻插图,涉及的范围颇广,其中如《笔祸史》、《私刑类纂》、《赌博史》、《猥亵风俗史》等,《笑的女人》一名《卖春妇异名集》,《川柳语汇》,都很别致,也甚有意义。《此花》是专门与其说研究不如说介绍浮世绘的月刊,继续出了两年,又编刻了好些画集,其后同样的介绍川柳,杂志名曰《变态知识》,若前出《语汇》乃是入门之书,后来也还没有更好的出现。川柳是只用十七字音做成的讽刺诗,上者体察物理人情,直写出来,令人看了破颜一笑,有时或者还感到淡淡的哀愁,此所谓有情滑稽,最是高品,其次找出人生的缺陷,如绣花针噗哧的一下,叫声好痛,却也不至于刺出血来。这种诗读了很有意思,不过正与笑话相像,以人情风俗为材料,要理解他非先知道这些不可,不是很容易的事。川柳的名家以及史家选家都不济事,还是考证家要紧,特别是关于前时代的古句,这与江户生活的研究是不可分离的。这方面有西原柳雨,给我们写了些参考书,大正丙辰年与佐佐醒雪共著的《川柳吉原志》出得最早,十年后改出补订本,此外还有几种类书,只可惜《川柳风俗志》出了上卷,没有能做得完全。我在东京只有一回同了妻和亲戚家的夫妇到吉原去看过夜樱,但是关于那里的习俗事情却知道得不少,这便都是从西原及其他书本上得来的。这些知识本来也很有用,在江户的平民文学里所谓花魁是常在的,不知道她也总得远远的认识才行。即如民间娱乐的落语,最初是几句话可以说了的笑话,后来渐渐拉长,明治以来在寄席即杂耍场所演的,大约要花上十来分钟了吧,他的材料固不限定,却也是说游里者为多。森鸥外在一篇小说中曾叙述说落语的情形云:"第二个说话人交替着出来,先谦逊道,人是换了却也换不出好处来。又作破题云,官客们的消遣就是玩玩窑姐儿。随后接着讲工人带了一个不知世故的男子到吉原去玩的故事。这实在可以说是吉原入门的讲义。"语虽诙谐,却亦是实情,正如中国笑话原亦有腐流、殊禀等门类,而终以属于闺风世讳者为多,唯因无特定游里,故不显著耳。江户文学中有滑稽本,也为我所喜欢,一九的《东海道中膝栗毛》,三马的《浮世风吕》与《浮世床》可为代表,这是一种滑稽小说,为中国所未有。前者借了两个旅人写他们路上的遭遇,重在特殊的事件,或者还不很难,后者写澡堂理发铺里往来的客人的言动,把寻常人的平凡事写出来,都变成一场小喜剧,觉得更有意思。中国在文学与生活上都缺少滑稽分子,不是健康的征候,或者这是伪道学所种下的病根欤。

## 十七

我不懂戏剧,但是也常涉猎戏剧史。正如我翻阅希腊悲剧的起源与发展的史料,得到好些知识,看了日本戏曲发达的径路也很感兴趣。这方面有两个人的书于我很有益处,这是佐佐醒雪与高野斑山。高野讲演剧的书更后出,但是我最受影响的还是佐佐的一册《近世国文学史》。佐佐氏于明治二十二年戊戌刊行《鹑衣评释》,庚子刊行近松评释《天之网岛》，辛亥出《国文学史》，那时我正在东京，即得一读，其中有两章略述歌舞伎与净琉璃二者发达之迹，很是简单明了，至今未尽忘记。也有的俳文集《鹑衣》固所喜欢，近松的世话净琉璃也想知道。这评释就成为顶好的入门书，事实上我好好的细读过的也只是这册《天之网岛》，读后一直留下很深的印象。这类曲本大都以情死为题材，日本称曰心中，《泽泻集》中曾有一文论之。在《怀东京》中说过，俗曲里礼赞恋爱与死，处处显出人情与义理的冲突，偶然听唱义太夫，便会遇见纸治，这就是《天之网岛》的俗名，因为里边的主人公是纸店的治兵卫与妓女小春。日本的平民艺术仿佛善于用优美的形式包藏深切的悲苦，这似是与中国很不同的一点。佐佐又著有《俗曲评释》，自江户长呗以至端呗共五册，皆是抒情的歌曲，与叙事的有殊，乃与民谣相连接。高野编刊《俚谣集拾遗》时号斑山，后乃用本名辰之，其专门事业在于歌谣，著有《日本歌谣史》，编辑《歌谣集成》共十二册，皆是大部巨著。此外有汤朝竹山人，关于小呗亦多著述，寒斋所收有十五种，虽差少书卷气，但亦可谓勤劳矣。民国十年时曾译出俗歌六十首，大都是写游女荡妇之哀怨者，如木下杢太郎所云，耽想那卑俗的但是充满眼泪的江户平民艺术以为乐，此情三十年来盖如一日，今日重读仍多所感触。歌谣中有一部分为儿童歌，别有天真烂漫之趣，至为可喜，唯较好的总集尚不多见，案头只有村尾节三编的一册童谣，尚是大正己未年刊也。与童谣相关连者别有玩具，也是我所喜欢的，但是我并未搜集实物，虽然遇见时也买几个，所以平常翻看的也还是图录以及年代与地方的纪录。在这方面最努力的是有阪与太郎，近二十年中刊行好些图录，所著有《日本玩具史》前后编，《乡土玩具大成》与《乡土玩具展望》，只可惜《大成》出了一卷，《展望》下卷也还未出版。所刊书中有一册《江都二色》，每页画玩具二种，题谐诗一首咏之，木刻着色，原本刊于安永癸巳，即清乾隆三十八年。我曾感叹说，那时在中国正是大开四库馆，删改皇侃《论语疏》，日本却是江户平民文学的烂熟期，浮世绘与狂歌发达到极顶，乃迸发而成此一卷玩具图咏，至可珍重。现代画家以玩具画著名者亦不少，画集率用木刻或玻璃板，稍有搜集，如清水晴风之《垂髫之友》，川崎巨泉之《玩具画谱》，各十集，西泽笛亩之《雏十种》等。西泽自号比那舍主人，亦作玩具杂画，以雏与人形为其专门，因故赤间君的介绍，曾得其寄赠大著《日本人形集成》及《人形大类聚》，深以为感。又得到菅野新一编藏《王东之木孩儿》，木板画十二枚，解说一册，菊枫会编《古计志加加美》，则为菅野氏所寄赠，均是讲日本东北地方的一种木制人形的。《古计志加加美》改写汉字为《小芥子鉴》，以玻璃板列举工人百八十四名所做木偶三百三十余枚，可谓大观。此木偶名为小芥子,而实则长五寸至一尺,旋圆棒为身,上着头,画为垂发小女,着简单彩色,质朴可喜,一称为木孩儿。菅野氏著系非卖品,《古计志加加美》则只刊行三百部,故皆可纪念也。三年前承在北京之国府氏以古计志二躯见赠,曾写谐诗报之云:芥子人形亦妙哉,出身应自埴轮来,小孙望见嘻嘻笑,何处娃娃似棒槌。依照《江都二色》的例,以狂诗题玩具,似亦未为不周当,只是草草恐不能相称为愧耳。

## 十八

　　我的杂学如上边所记,有大部分是从外国得来的,以英文与日本文为媒介,这里分析起来,大抵从西洋来的属于知的方面,从日本来的属于情的方面为多,对于我却是一样的有益处。我学英文当初为的是须得读学堂的教本,本来是敲门砖,后来离开了江南水师,便没有什么用了,姑且算作中学常识之一部分,有时利用了来看点书,得些现代的知识也好,也还是砖的作用,终于未曾走到英文学门里去,这个我不怎么懊悔,因为自己的力量只有这一点,要想入门是不够的。日本文比英文更不曾好好的学过,老实说除了丙午、丁未之际,在骏河台的留学生会馆里,跟了菊池勉先生听过半年课之外,便是懒惰的时候居多,只因住在东京的关系，耳濡目染的慢慢的记得，其来源大抵是家庭的说话，看小说看报，听说书与笑话，没有讲堂的严格的训练，但是后面有社会的背景，所以还似乎比较容易学习。这样学了来的言语，有如一棵草花，即使是石竹花也罢，是有根的盆栽，与插瓶的大朵大理菊不同，其用处也就不大一样。我看日本文的书，并不专是为得通过了这文字去抓住其中的知识，乃是因为对于此事物感觉有点兴趣，连文字来赏味，有时这文字亦为其佳味之一分子，不很可以分离，虽然我们对于外国语想这样辨别，有点近于妄也不容易，但这总也是事实。我的关于日本的杂览既多以情趣为本，自然态度与求知识稍有殊异，文字或者仍是敲门的一块砖，不过对于砖也会得看看花纹式样，不见得用了立即扔在一旁。我深感到日本文之不好译，这未必是客观的事实，只是由我个人的经验，或者因为比较英文多少知道一分的缘故，往往觉得字义与语气在微细之处很难两面合得恰好，大概可以当作一个证明。明治大正时代的日本文学，曾读过些小说与随笔，至今还有好些作品仍是喜欢，有时也拿出来看，如以杂志名代表派别，大抵有《保登登岐须》、《昴》、《三田文学》、《新思潮》、《白桦》诸种，其中作家多可佩服，今亦不复列举，因生存者尚多，暂且谨慎。此外的外国语，还曾学过古希腊文与世界语。我最初学习希腊文，目的在于改译《新约》至少也是四福音书为古文，与佛经庶可相比，及至回国以后却又觉得那官话译本已经够好了，用不着重译，计划于是归于停顿。过了好些年之后，才把海罗达思的拟曲译出，附加几篇牧歌，在上海出版，可惜版式不佳，细字长行大页，很不成样子。极想翻译欧利比台斯的悲剧《忒洛亚的女人们》，踌躇未敢下手，于民国廿六七年间译亚坡罗陀洛斯的神话集，本文幸已完成，写注释才成两章，搁笔的次日即是廿八年的元旦，工作一顿挫就延到现今，未能续写下去，但是这总是极有意义的事，还想设法把它做完。世界语是我自修得来的，原是一册用英文讲解的书，我在暑假中卧读消遣，一连两年没有读完，均归无用，至第三年乃决心把这五十课一气学习完毕，以后借了字典的帮助渐渐的看起书来。那时世界语原书很不易得，只知道在巴黎有书店发行，恰巧蔡孑民先生行遁欧洲，便写信去托他代买，大概寄来了有七八种，其中有《世界语文选》与《波兰小说选集》至今还收藏着。民国十年在西山养病的时候，曾从这里边译出几篇波兰的短篇小说，可以作为那时困学的纪念。世界语的理想是很好的，至于能否实现则未可知，反正事情之成败与理想之好坏是不一定有什么关系的。我对于世界语的批评是这太以欧语为基本，不过这如替柴孟和甫设想也是无可如何的，其缺点只是在没有学过一点欧语的中国人还是不大容易学会而已。我的杂学原来不足为法，有老友曾批评说是横通，但是我想劝现代的青年朋友，有机会多学点外国文，我相信这当是有益无损的。俗语云，开一头门，多一些风。这本来是劝人谨慎的话，但是借了来说，学一种外国语有如多开一面门窗，可以放进风日，也可以眺望景色，别的不说，总也是很有意思的事吧。

## 十九

我的杂学里边最普通的一部分，大概要算是佛经了吧。但是在这里正如在汉文方面一样，也不是正宗的，这样便与许多读佛经的人走的不是一条路了。四十年前在南京时，曾经叩过杨仁山居士之门，承蒙传谕可修净土，虽然我读了《阿弥陀经》各种译本，觉得安养乐土的描写很有意思，又对于先到净土再行修道的本意，仿佛是希求住在租界里好用功一样，也很能了解，可是没有兴趣这样去做。禅宗的语录看了很有趣，实在还是不懂，至于参证的本意，如书上所记俗僧问溪水深浅，被从桥上推入水中，也能了解而且很是佩服，然而自己还没有跳下去的意思，单看语录有似意存稗贩，未免惭愧，所以这一类书虽是买了些，都搁在书架上。佛教的高深的学理那一方面，看去都是属于心理学、玄学范围的，读了未必能懂，因此法相宗等均未敢问津。这样计算起来，几条大道都不走，就进不到佛教里去，我只是把佛经当作书来看，而且这汉文的书，所得的自然也只在文章及思想这两点上而已。《四十二章经》与《佛遗教经》仿佛子书文笔，就是儒者也多喜称道，两晋六朝的译本多有文情俱胜者，什法师最有名，那种骈散合用的文体当然因新的需要的兴起，但能恰好的利用旧文字的能力去表出新意思，实在是很有意义的一种成就。这固然是翻译史上的一段光辉，可是在国文学史上意义也很不小，六朝之散文著作与佛经很有一种因缘，交互的作用，值得有人来加以疏通证明，于汉文学的前途也有极大的关系。十多年前我在北京大学讲过几年六朝散文，后来想添讲佛经这一部分，由学校规定名称曰佛典文学，课程纲要已经拟好送去了，七月发生了卢沟桥之变，事遂中止。课程纲要稿尚存在，重录于此：

  六朝时佛经翻译极盛，文亦多佳胜。汉末译文模仿诸子，别无多大新意思，唐代又以求信故，质胜于文。唯六朝所译能运用当时文词，加以变化，于普通骈散文外造出一种新体制，其影响于后来文章者亦非浅鲜。今拟选取数种，少少讲读，注意于译经之文学的价值，亦并可作古代翻译文学看也。

至于从这面看出来的思想，当然是佛教精神，不过如上文说过,这不是甚深义谛,实在但是印度古圣贤对于人生特别是近于入世法的一种广大厚重的态度,根本与儒家相通而更为彻底,这大概因为他有那中国所缺少的宗教性。我在二十岁前后读《大乘起信论》无有所得,但是见了《菩萨投身饲饿虎经》,这里边的美而伟大的精神与文章至今还时时记起,使我感到感激,我想大禹与墨子也可以说具有这种精神,只是在中国这情热还只以对人间为限耳。又《布施度无极经》云:

众生扰扰,其苦无量,吾当为地。为旱作润,为湿作筏。饥食渴浆,寒衣热凉。为病作医,为冥作光。若在浊世颠到(疑应为倒,——编者注)之时,吾当于中作佛,度彼众生矣。

这一节话我也很是喜欢,本来就只是众生无边誓愿度的意思,却说得那么好,说理与美和合在一起,是很难得之作。经论之外我还读过好些戒律,有大乘的也有小乘的,虽然原来小乘律注明在家人勿看,我未能遵守,违了戒看戒律,这也是颇有意思的事。我读《梵网经》菩萨戒本及其他,很受感动,特别是贤首戒疏,是我所最喜读的书。尝举食肉戒中语,一切众生肉不得食,夫食肉者断大慈悲佛性种子,一切众生见而舍去,是故一切菩萨不得食一切众生肉,食肉得无量罪。加以说明云,我读《旧约·利未记》,再看大小乘律,觉得其中所说的话要合理得多,而上边食肉戒的措辞我尤为喜欢,实在明智通达,古今莫及。又盗戒下注疏云:

善见云,盗空中鸟,左翅至右翅,尾至颠,上下亦尔,俱得重罪。准此戒,纵无主,鸟身自为主,盗皆重也。

鸟身自为主,这句话的精神何等博大深厚,我曾屡次致其赞叹之意。贤首是中国僧人,此亦是足强人意的事。我不敢妄劝青年人看佛书,若是三十岁以上,国文有根柢,常识具足的人,适宜的阅读,当能得些好处,此则鄙人可以明白回答者也。

## 二十

我写这篇文章本来全是出于偶然。从《儒林外史》里看到杂览杂学的名称,觉得很好玩,起手写了那首小引,随后又加添三节,作为第一分,在杂志上发表了。可是自己没有什么兴趣,不想再写下去了,然而既已发表,被催着要续稿,又不好不写,勉强执笔,有如秀才应岁考似的,把肚里所有的几百字凑起来缴卷,也就可以应付过去了罢。

这真是成了鸡肋,弃之并不可惜,食之无味那是毫无问题的。这些杂乱的事情,要怎样安排得有次序,叙述得详略适中,固然不大容易,而且写的时候没有兴趣,所以更写不好,更是枯燥,草率。我最怕这成为自画自赞。骂犹自可,赞不得当乃尤不好过,何况自赞乎。因为竭力想避免这个,所以有些地方觉得写得不免太简略,这也是无可如何的事,但或者比多话还好一点亦未可知。总结起来看过一遍,把我杂览的大概简略的说了,还没有什么自己夸赞的地方,要说句好话,只能批八个字云,"国文粗通,常识略具"而已。我从古今中外各方面都受到各样影响,分析起来,大旨如上边说过,在知与情两面分别承受西洋与日本的影响为多,意的方面则纯是中国的,不但未受外来感化而发生变动,还一直以此为标准,去酌量容纳异国的影响。这个我向来称之曰儒家精神,虽然似乎有点笼统,与汉以后尤其是宋以后的儒教显有不同,但为得表示中国人所有的以生之意志为根本的那种人生观,利用这个名称殆无不可。我想神农、大禹的传说就从这里发生,积极方面有墨子与商韩两路,消极方面有庄杨一路,孔孟站在中间,想要适宜的进行,这平凡而难实现的理想我觉得很有意思,以前屡次自号儒家者即由于此。佛教以异域宗教而能于中国思想上占很大的势力,固然自有其许多原因,如好谈玄的时代与道书同尊,讲理学的时候给儒生作参考,但是其大乘的思想之入世的精神与儒家相似，而且更为深彻，这原因恐怕要算是最大的吧。这个主意既是确定的，外边加上去的东西自然就只在附属的地位，使他更强化与高深化，却未必能变化其方向。我自己觉得便是这么一个顽固的人，我的杂学的大部分实在都是我随身的附属品，有如手表眼镜及草帽，或是吃下去的滋养品如牛奶糖之类，有这些帮助使我更舒服与健全，却并不曾把我变成高鼻深目以至有牛的气味。我也知道偏爱儒家中庸是由于癖好，这里又缺少一点热与动，也承认是美中不足。儒家不曾说"怎么办"，像犹太人和斯拉夫人那样，便是证据。我看各民族古怪的画像也觉得很有意味，犹太的眼向着上是在祈祷，印度的伸手待接引众生，中国则常是叉手或拱着手。我说儒家总是从大禹讲起，即因为他实行道义之事功化，是实现儒家理想的人。（近来我曾说，中国现今紧要的事有两件，一是伦理之自然化，二是道义之事功化。前者是根据现代人类的知识调整中国固有的思想，后者是实践自己所有的理想适应中国现在的需要，都是必要的事。）此即是我杂学之归结点，以前种种说话，无论怎么的直说曲说，正说反说，归根结底的意见还只在此，就只是表现得不充足，恐怕读者一时抓不住要领，所以在这里赘说一句。我平常不喜欢拉长了面孔说，这回无端写了两万多字，正经也就枯燥，仿佛招供似的文章，自己觉得不但不满而且也无谓。

这样一个思想径路的简略地图,我想只足供给要攻击我的人,知悉我的据点所在,用作进攻的参考与准备,若是对于我的友人这大概是没有什么用处的。写到这里,我忽然想到,这篇文章的题目应该题作《愚人的自白》才好,只可惜前文已经发表,来不及再改正了。

(民国三十三年,七月五日)

选自周作人自编文集《苦口甘口》

第一辑

## 《论语》小记

近来拿出《论语》来读,这或者由于听见南方读经之喊声甚高的缘故,或者不是,都难说。我是读过四书五经的,至少《大》、《中》、《论》、《孟》、《易》、《书》、《诗》这几部都曾经背诵过,前后总有八年天天与圣经贤传为伍,现今来清算一下,到底于我有什么好处呢?这个我恐怕要使得热诚的儒教徒听了失望,实在没有什么。现在只说《论语》。

我把《论语》白文重读一遍,所得的印象只是"平淡无奇"四字。这四个字好像是一个盾,有它的两面,一面凸的是切实,一面凹的是空虚。我觉得在《论语》里孔子压根儿只是个哲人,不是全知全能的教主,虽然后世的儒教徒要奉他做祖师,我总以为他不是耶稣而是苏格拉底之流亚。《论语》二十篇所说多是做人处世的道理,不谈鬼神,不谈灵魂,不言性与天道,所以是切实。但是这里有好思想也是属于持身接物的,可以供后人的取法,却不能定作天经地义的教条,更没有什么政治哲学的精义,可以治国平天下，假如从这边去看，那么正是空虚了。平淡无奇，我凭了这个觉得《论语》仍可一读，足供常识完具的青年之参考。至于以为圣书则可不必，太阳底下本无圣书，非我之单看不起《论语》也。

一部《论语》中有好些话都说得很好，我所喜欢的是这几节，其一是《为政》第二的一章：

> 子曰，由，诲汝知之乎？知之为知之，不知为不知，是知也。

其二是《阳货》第十七的一章：

> 子曰，予欲无言。子贡曰，子如不言，则小子何述焉？子曰，天何言哉？四时行焉，百物生焉，天何言哉？

太炎先生《广论语骈枝》引《释文》，鲁读天为夫，"言夫者即斥四时行百物生为言，不设主宰，义似更远。"无论如何，这一章的意思我总觉得是很好的。又《公冶长》第五云：

> 颜渊季路侍，子曰，盍各言尔志。子路曰，愿车

马衣轻裘,与朋友共,敝之而无憾。颜渊曰,愿无伐善,无施劳。子路曰,愿闻子之志。子曰,老者安之,朋友信之,少者怀之。

我喜欢这一章,与其说是因为思想,还不如说因为它的境界好。师弟三人闲居述志,并不像后来文人的说大话,动不动就是揽辔澄清,现在却只是老老实实地说说自己的愿望,虽有大小广狭之不同,其志在博施济众则无异,而说得那么质素,又各有分寸,恰如其人,此正是妙文也。我以为此一章可以见孔门的真气象,至为难得,如《先进》末篇,子路、曾皙、冉有、公西华侍坐那一章便不能及。此外有两章,我读了觉得颇有诗趣,其一《述而》第七云:

　　子曰,饭疏食饮水,曲肱而枕之,乐亦在其中矣。不义而富且贵,于我如浮云。

其二《子罕》第九云:

　　子在川上曰,逝者如斯夫,不舍昼夜。

本来这种文章如《庄子》等别的书里,并不算希奇,但是在《论语》中却不可多得了。朱注已忘记,大家说他此段注得好，但其中仿佛说什么道体之本然，这个我就不懂，所以不敢恭维了。《微子》第十八中又有一章很特别的文章云：

  大师挚适齐，亚饭干适楚，三饭缭适蔡，四饭缺适秦，鼓方叔入于河，播鼗武入于汉，少师阳、击磬襄入于海。

不晓得为什么缘故，我在小时候读《论语》读到这一章，很感到一种悲凉之气，仿佛是大观园末期，贾母死后，一班女人都风流云散了的样子。这回重读，仍旧有那么样的一种印象，我前后读《论语》相去将有四十年之谱，当初的印象保存到现在的大约就只这一点了罢。其次，那时我所感到兴趣的记隐逸的那几节，如《宪问》第十四云：

  子路宿于石门。晨门曰，奚自？子路曰，自孔氏。曰，是知其不可而为之者与？
  子击磬于卫。有荷蒉而过孔氏之门者，曰，有心哉，击磬乎！既而曰，鄙哉，硁硁乎，莫己知也，斯已而已矣。深则厉，浅则揭。子曰，果哉，末之难矣。

又《微子》第十八云：

楚狂接舆歌而过孔子之门，曰，凤兮凤兮，何德之衰。往者不可谏，来者犹可追。已而已而，今之从政者殆而。孔子下，欲与之言。趋而避之，不得与之言。

长沮桀溺耦而耕。孔子过之，使子路问津焉。长沮曰，夫执舆者为谁？子路曰，为孔丘。曰，是鲁孔丘与？曰，是也。曰，是知津矣。问于桀溺，桀溺曰，子为谁？曰，为仲由。曰，是鲁孔丘之徒与？对曰，然。曰，滔滔者天下皆是也，而谁以易之，且而与其从辟人之士，岂若从辟世之士哉。耰而不辍。子路行以告，夫子怃然曰，鸟兽不可与同群，吾非斯人之徒与而谁与？天下有道，丘不与易也。

子路从而后，遇丈人以杖荷蓧。子路问曰，子见夫子乎？丈人曰，四体不勤，五谷不分，孰为夫子？植其杖而芸。子路拱而立。止子路宿，杀鸡为黍而食之，见其二子焉。明日子路行以告，子曰，隐者也。使子路反见之，至，则行矣。子路曰，不仕无义。长幼之节，不可废也，君臣之义，如之何其废之？欲洁其身而乱大伦。君子之仕也，行其义也，道之不行也，已知之矣。

在这几节里我觉得末了一节顶好玩，把子路写得很可笑。遇见丈人，便脱头脱脑地问他"有没有看见我的老师"，难怪碰了一鼻子灰，于是忽然十分恭敬起来，站了足足半天之后，跟了去寄宿一夜。第二天奉了老师的命再去看，丈人已经走了，大约是往田里去了吧，未必便搬家躲过，子路却在他的空屋里大发其牢骚，仿佛是戏台上的独白，更有点儿滑稽，令人想起夫子的"由也嗟"这句话来。所说的话也夸张无实，大约是子路自己想的，不像孔子所教。下一章里孔子品评夷齐等一班人，"谓虞仲、夷逸，隐居放言，身中清，发中权"，虽然后边说我则异于是，对于他们隐居放言的人别无责备的意思，子路却说欲洁其身而乱大伦，何等言重，几乎有孟子与人争辩时的口气了。孔子自己对他们却颇客气，与接舆周旋一节最可看，一个下堂欲与之言，一个趋避不得与之言，一个狂，一个中，都可佩服，而文章也写得恰好，长沮桀溺一章则其次也。

我对于这些隐者向来觉得喜欢，现在也仍是这样，他们所说的话大抵都不错。桀溺曰，滔滔者天下皆是也，而谁以易之，最能说出自家的态度。晨门曰，是知其不可而为之者，最能说出孔子的态度。说到底，二者还是一个源流，因为都知道不可，不过一个还要为，一个不想再为罢了。周朝以后一千年，只出过两个人，似乎可以代表这两派，即诸葛孔明与陶渊明，而人家多把他们看错作一姓的忠臣，令人闷损。中国的隐逸都是社会或政治的，他有一肚子理想，却看得社会浑浊无可实施，便只安分去做个农工，不再来多管，见了那知其不可而为之的人，却是所谓惺惺惜惺惺，好汉惜好汉，想了方法要留住他。看上面各人的言动虽然冷热不同，全都是好意，毫没有"道不同不相与谋"的意味，孔子的应付也是如此，这是颇有意思的事。外国的隐逸是宗教的，这与中国的截不相同。他们独居沙漠中，绝食苦祷，或牛皮裹身，或革带鞭背，但其目的在于救济灵魂，得遂永生，故其热狂实在与在都市中指挥君民焚烧异端之大主教无以异也。二者相比，似积极与消极大有高下，我却并不一定这样想。对于自救灵魂我不敢赞一辞，若是不惜用强硬手段要去救人家的灵魂，那大可不必，反不如去荷蒉植杖之无害于人了。我从小读《论语》，现在得到的结果，除中庸思想外，乃是一点对于隐者的同情，这恐怕也是出于读经救国论者"意表之外"的罢？

（二十三年十二月）

选自《周作人文类编·2·千百年眼》

## 关于家训

古人的家训这一类东西我最喜欢读，因为在一切著述中这总是比较的诚实，虽然有些道学家的也会益发虚假得讨厌。我们第一记起来的总是见于《后汉书》的马援《诫兄子严敦书》，其中有云：

> 龙伯高敦厚周慎，口无择言，谦约节俭，廉公有威，吾爱之重之，愿汝曹效之。杜季良豪侠好义，忧人之忧，乐人之乐，清浊无所失，父丧致客，数郡毕至，吾爱之重之，不愿汝曹效也。效伯高不得，犹为谨敕之士，所谓刻鹄不成尚类鹜者也。效季良不得，陷为天下轻薄子，所谓画虎不成反类狗者也。

这段文章本来很有名，因为刻鹄画虎的典故流传很广，但是我觉得有意思的乃是他对于子侄的诚实的态度，他同样的爱重龙伯高、杜季良，却希望他们学这个不学那个，这并不是好不好学的问题，实在是在计算利害，他怕豪侠好义的危险,这老虎就是画得像,他也是不赞成的。故下文即云:"讫今季良尚未可知,郡将下车辄切齿,州郡以为言,吾常为寒心,是以不愿子孙效也。"后人或者要笑伏波将军何其胆怯也,可是他的态度总是很老实近人情,不像后世宣传家自己猴子似的安坐在洞中,只叫猫儿去抓炉火里的栗子。我常想,一个人做文章,要时刻注意,这是给自己的子女去看去做的,这样写出来的无论平和或激烈,那才够得上算诚实,说话负责任。谢在杭的《五杂俎》卷十三有云:

> 今人之教子读书,不过取科第耳,其于立身行己不问也。……非独今也,韩文公有道之士也,训子之诗有"一为公与相,潭潭府中居"之句,而俗诗之劝世者又有"书中自有黄金屋"等语,语愈俚而见愈陋矣。

这也可以算是老实了罢,却又要不得,殆伪善之与怙恶,亦犹过与不及欤。

陶集中《与子俨等疏》实是一篇好文章,读下去只恨其短,假如陶公肯写得长一点,成一两卷的书,那么这一定大有可观,《颜氏家训》当不能专美了。其实陶诗多说理,本来也可抵得他的一部语录,我只因为他散文又写得那么好，所以不免起了贪心，很想多得一点看看，乃有此妄念耳。《颜氏家训》成于隋初，是六朝名著之一，其见识情趣皆深厚，文章亦佳，赵敬夫作注将以教后生小子，卢抱经序称其委曲近情，纤悉周备，可谓知言。伍绍棠跋彭兆荪所编《南北朝文钞》云：

> 窃谓南北朝人所著书多以骈俪行之，亦均质雅可诵，如范蔚宗沈约之史论，刘勰《文心雕龙》，钟嵘《诗品》，郦道元《水经注》，杨衒之《洛阳伽蓝记》，斯皆篇章之珠泽，文采之邓林，诚使勒为一书，与此编相辅而行，足为词章家之圭臬。

这一番话很合我的意思，就只漏了一部《颜氏家训》。伍氏说六朝人的书用骈俪而质雅可诵，我尤赞成。韩愈文起八代之衰，其文章实乃虚骄粗犷，正与质雅相反，即《盘谷序》或《送孟东野序》也是如此。唐宋以来受了这道统文学的影响，一切都没有好事情，家训因此亦遂无什么可看的了。

从前在《涵芬楼秘笈》中得一读明《霍渭崖家训》，觉得通身不愉快。此人本是道学家中之蛮悍者，或无足怪，但其他儒先训迪亦是百步五十步之比。在明末清初我遇见了两个人，傅青主与冯钝吟，傅集卷二十五为《家训》，冯有《家戒》两卷，又《诫子帖》、《遗言》等，收在《钝吟杂录》中。青主为明遗老中之铮铮者，通二氏之学，思想通达，非凡夫所及。钝吟虽儒家而反宋儒，不喜宋人论史及论政事文章的意见，故有时亦颇有见解能说话。《家戒》上第一节类似小引，其下半云：

> 我无行，少年不自爱，不堪为子弟之法式，然自八九岁读古圣贤之书，至今六十馀年，所知不少，更历事故，往往有所悟。家有四子，每思以所知示之。少年性快，老人谆谆之言非所乐闻，不至头触屏风而睡，亦已足矣。无如之何，笔之于书，或冀有时一读，未必无益也。

我们再看《颜氏家训》的"序致第一"云：

> 夫圣贤之书教人诚孝，慎言检迹，立身扬名，亦已备矣。魏晋已来所著诸子，理重事复，递相模效，犹屋下架屋，床上施床耳。吾今所以复为此者，非敢轨物范世也，业以整齐门内，提撕子孙。夫同言而信，信其所亲，同命而行，行其所服。禁童子之暴谑，则师友之诫不如傅婢之指挥；止凡人之斗阋，则尧舜之道不如寡妻之诲谕。吾望此书为汝曹之所信，犹贤于

傅婢寡妻耳。

两相比较，颜文自有胜场，冯理却亦可取，盖颜君自信当为子孙所信，冯君则不是这样乐观，似更懂得人情物理也。陶渊明《杂诗十二首》之六云：

昔闻长者言，掩耳每不喜。
奈何五十年，忽已亲此事。

意大利诗人勒阿巴耳地（G. Leopardi）曾云，儿子与父亲绝不会讲得来，因为两者年龄至少总要差二十岁。这都足以证明冯君的忧虑不是空的，"无如之何，笔之于书，或冀有时一读"，乃实为写家训的最明达勇敢的态度，其实亦即是凡从事著述者所应取的态度也。古人云，藏之名山传诸其人，原未免太宽缓一点，但急于求救，强聒不舍，至少亦是徒然。诗云："风雨凄凄，鸡鸣喈喈，既见君子，云胡不夷。"王瑞玉夫人在《诗问》中释曰："故人未必冒雨来，设辞尔。"钝吟居士之意或亦如此，此正使人觉得可以佩服感叹者也。

（廿五年一月十七日，于北平书）

选自《周作人文类编·9·夜读的境界》

# 读 戒 律

我读佛经最初还是在三十多年前。查在南京水师学堂时的旧日记，光绪甲辰（一九〇四）十一月下有云：

初九日，下午自城南归经延龄巷，购经二卷，黄昏回堂。

又云：

十八日，往城南购书，又《西方接引图》四尺一纸。

十九日，看《起信论》，又《纂注》十四页。

这头一次所买的佛经，我记得一种是《楞严经》，一种是《诸佛要集经》与《投身饲饿虎经》等三经同卷。第二次再到金陵刻经处请求教示，据云顶好修净土宗，而以读《起信论》为入手，那时所买的大抵便是论及注疏，一大张的图或者即是对于西土向往。可是我看了《起信论》不大好懂，净土宗又不怎么喜欢，虽然他的意思我是觉得可以懂的。民国十年在北京自春至秋病了大半年，又买佛经来看了消遣，这回所看的都是些小乘经，随后是大乘律。我读《梵网经》菩萨戒本及其他，很受感动，特别是贤首《疏》，是我所最喜读的书。卷三在"盗戒"下注云：

《善见》云，盗空中鸟，左翅至右翅，尾至颠，上下亦尔，俱得重罪。准此戒，纵无主，鸟身自为主，盗皆重也。

我在七月十四日的《山中杂信》四中云：

鸟身自为主，这句话的精神何等博大深厚，然而又岂是那些提鸟笼的朋友所能了解的呢？

又举"食肉戒"云：

若佛子故食肉，——一切生肉不得食：夫食肉者断大慈悲佛性种子，一切众生见而舍去。是故一切菩萨不得食一切众生肉，食肉得无量罪。——若故食者，犯轻垢罪。

在《吃菜》小文中我曾说道：

> 我读《旧约·利未记》，再看大小乘律，觉得其中所说的话要合理得多，而上边"食肉戒"的措辞我尤为喜欢，实在明智通达，古今莫及。

这是民国二十年冬天所写，与《山中杂信》相距已有十年，这个意见盖一直没有变更，不过这中间又读了些小乘律，所以对于佛教的戒律更感到兴趣与佩服。小乘律的重要各部差不多都已重刻了，在各经典流通处也有发售，但是书目中在这一部门的前面必定注着一行小字云"在家人勿看"，我觉得不好意思开口去问，并不是怕自己碰钉子，只觉得显明地要人家违反规条是一件失礼的事。末了想到一个方法，我就去找梁漱溟先生，托他替我设法去买，不久果然送来了一部《四分律藏》，共有二十本。可是后来梁先生离开北京了，我于是再去托徐森玉先生，陆续又买到了好些，我自己也在厂甸收集了一点，如《萨婆多部毗尼摩得勒伽》十卷，《大比丘三千威仪》二卷，均明末刊本，就是这样得来的。《书信》中"与俞平伯君书三十五通"之十五云：

前日为二女士写字写坏了，昨下午赶往琉璃厂买六吉宣赔写，顺便一看书摊，买得一部《萨婆多部毗尼摩得勒伽》，共二册十卷，系崇祯十七年八月所刻。此书名据说可译为《一切有部律论》，其中所论有极妙者，如卷六有一节云：云何厕？比丘入厕时，先弹指作相，使内人觉知，当正念入，好摄衣，好正当中安身，欲出者令出，不肯者勿强出。古人之质朴处盖至可爱也。

时为十九年二月八日，即是买书的第二天。其实此外好的文章尚多，如同卷中说类似的事云：

云何下风？下风出时不得作声。

云何小便？比丘不得处处小便，应在一处作坑。

云何唾？唾不得作声。不得在上座前唾。不得唾净地。不得在食前唾，若不可忍，起避去，莫令馀人得恼。

这"莫令馀人得恼"一句话我最喜欢，佛教的一种伟大精神的发露，正是中国的恕道也。又有关于齿木的：

云何齿木？齿木不得太大太小，不得太长太短，上者十二指，下者六指。不得上座前嚼齿木。有三事应屏处，谓大小便嚼齿木。不得在净处树下墙边嚼齿木。

《大比丘三千威仪》卷上云：

用杨枝有五事。一者，断当如度。二者，破当如法。三者，嚼头不得过三分。四者，疏齿当中三啮。五者，当汁澡目用。

金圣叹作施耐庵《水浒传序》中云："朝日初出，苍苍凉凉，澡头面，裹巾帻，进盘飧，嚼杨木。"即从此出，唯义净很反对杨枝之说，在《南海寄归内法传》卷一"朝嚼齿木"项下云：

岂容不识齿木，名作杨枝。西国柳树全稀，译者辄传斯号，佛齿木树实非杨柳，那烂陀寺目今亲观，既不取信于他，闻者亦无劳致惑。

净师之言自必无误，大抵如周松霭在《佛尔雅》卷五所云，"此方无竭陀罗木，多用杨枝"，译者遂如此称，虽稍失真，尚取其通俗耳。至今日本俗语犹称牙刷曰杨枝，牙签曰小杨枝，中国则僧俗皆不用此，故其名称在世间也早已不传了。

《摩得勒伽》为宋僧伽跋摩译，《三千威仪》题后汉安世高译，僧祐则云失译人名，但总之是六朝以前的文字罢。卷下有至舍后二十五事亦关于登厕者，文繁不能备录，但如十一不得大咽使面赤，十七不得草画地，十八不得持草画壁作字，都说得很有意思，今抄简短者数则：

买肉有五事。一者，设见肉完未断，不应便买。二者，人已断馀乃应买。三者，设见肉少，不得尽买。四者，若肉少不得妄增钱取。五者，设肉已尽，不得言当多买。

教人破薪有五事。一者，莫当道。二者，先视斧柄令坚。三者，不得使破有青草薪。四者，不得妄破塔材。五者，积着燥处。

我在《入厕读书》文中曾说：

偶读大小乘戒律，觉得印度先贤十分周密地注意于人生各方面，非常佩服。即以入厕一事而论，《三千威仪》下列举至舍后者有二十五事，《摩得勒伽》六自"云何下风"至"云何筹草"凡十三条，《南海寄归内法传》二有第十八"便利之事"一章,都有详细的规定,有的是很严肃而幽默,读了忍不住五体投地。

我又在《谈龙集》里讲到阿拉伯奈夫札威上人的《香园》与印度壳科加师的《欲乐秘旨》,照中国古语说都是房中术的书,却又是很正经的,"他在开始说不雅驯的话之先,恭恭敬敬地要祷告一番,叫大悲大慈的神加恩于他,这的确是明朗朴实的古典精神,很是可爱的。"自两便以至劈柴买肉(小乘律是不戒食肉的),一方面关于性交的事,这虽然属于佛教外的人所做,都说得那么委曲详尽,又合于人情物理,这真是难得可贵的事。中国便很缺少这种精神,到了现在我们同胞恐怕是世间最不知礼的人之一种,虽然满口仁义礼智,不必问他心里如何,只看日常举动很少顾虑到人情物理,就可以知道了。查古书里却也曾有过很好的例,如《礼记》里的两篇《曲礼》,有好些话都可以与戒律相比。凡为长者粪之礼一节,凡进食之礼一节,都很有意思。中云:

> 毋抟饭,毋放饭,毋流歠,毋咤食,毋啮骨,毋反鱼肉,毋投与狗骨。

这用意差不多全是为得"莫令馀人得恼",故为可取,僧祇律云:"不得大,不得小,如淫女两粒三粒而食,当可口食。"又是很有趣的别一说法,正可互相补足也。居丧之礼一节也很好,下文有云:

> 邻有丧,舂不相,里有殡,不巷歌。适墓不歌,哭日不歌。送丧不由径,送葬不辟涂潦。

读这些文章,深觉得古人的神经之纤细与感情之深厚视今人有过之无不及,《论语》卷四记孔子的事云:"子食于有丧者之侧,未尝饱也。子于是日哭则不歌。"实在也无非是上文的实行罢了。从别一方面发明此意者有陶渊明,在《挽歌诗》第三首中云:

> 向来相送人,各自还其家。
> 亲戚或馀悲,他人亦已歌。

此并非单是旷达语,实乃善言世情,所谓亦已歌者即是哭日不歌的另一说法,盖送葬回去过了一二日,歌正亦已无妨了。陶公此语与"日暮狐狸眠冢上,夜阑儿女笑灯前"的感情不大相同,他似没有什么对于人家的不满意,只是平实地说这一种情形,是自然的人情,却也稍感寥寂,此是其佳处也。我读陶诗而懂得礼意,又牵连到小乘律上头去，大有缠夹之意，其实我只表示很爱这一流的思想，不论古今中印，都一样地随喜礼赞也。

（民国廿五年四月十四日，于北平苦茶庵）

选自《周作人文类编·9·夜读的境界》

## 《五老小简》

《五老集》又名《五老小简》，不知系何人所编，我所有的一册是日本庆安三年（一六五〇）重刊本，正当清初顺治七年，原本或者是明人编选的罢。书凡二卷，共分五部，上卷之一为苏东坡，二为孙仲益，下卷之一为卢柳南，二为方秋崖，三为赵清旷，桂未谷跋《颜氏家藏尺牍》（今刻入《海山仙馆丛书》中）云，"古人尺牍不入本集，李汉编昌黎集，刘禹锡编河东集，俱无之。自欧、苏、黄、吕，以及方秋崖、卢柳南、赵清旷，始有专本。"方、卢、赵的尺牍专本惜未得见，今此书中选有一部分，窥豹一斑，亦是可喜，虽然时有误字，读下去如飞尘入目，觉得少少不快。

前年夏天买得明陈仁锡编的《尺牍奇赏》十四卷，曾题其端云："尺牍唯苏黄二公最佳，自然大雅。孙内简便不免有小家子气，馀更自郐而下矣。从王稚登、吴从先下去，便自生出秋水轩一路，正是不足怪也。"这里，在孙与王、吴之间，正好把卢、方、赵放进去，前后联成一气。我们从东坡说起，就《五老小简》中挑出一两篇为例，如与程正辅之一谢赐餐云：

> 轼启，漂泊海上，一笑之乐固不易得，况义兼亲友如公之重者乎，但治具过厚，惭悚不已。经宿尊体佳胜，承即解舟，恨不克追饯。涉履甚厚重，早还为望。不宣。

又如与毛泽民谢惠茶云：

> 轼启，寄示奇茗，极精而丰，南来未始得也。亦时复有山僧逸民，可与共赏，此外但缄而去之尔。佩荷厚意，永以为好。

随手写来，并不做作，而文情俱胜，正到恰好处，此是坡公擅场。孙仲益偶能得其妙趣，但是多修饰，便是毛病。如其贺孟少傅殿京口云：

> 伏闻制除出殿京口，长城隐然与大江为襟带，而刘玄德孙仲谋之遗迹犹在也。缓带之馀，持一觞以酹江月，无愧于古人矣。

此简在《内简尺牍》及《五老集》均在卷首，便取以为例。又与前人谢惠茶云：

> 伏蒙眷记，存录故交，小团斋酿，遣骑驰贶，谨已下拜，便欲牵课小诗占谢，衰老废学，须小间作捻髭之态也。

前者典太多，近于虚文，后者捻髭之态大可不作，一作便有油滑气，虽然比起后人来还没有那么俗。现在再将卢、方、赵三公的小简抄出为例，各取其卷首的一篇，以免有故意挑剔之弊。卢柳南答人约观状元云：

> 圣天子策天下英豪而赐之官，为首选者既拜命，拥出丽正门，黄旗塞道，青衫被体，马蹄蹀躞，望灞头而去，观者云合，吁！亦荣矣。然子欲为观人者乎？欲为人所观者乎？若欲为人所观，则移其所以观人者观书。

方秋崖回惠海错云：

> 某以贫故食无鱼，以旱故羹无蔬，日煮涧泉，饭脱粟耳。海物惟错，半含苍潮，所谓眼中顿有两玉人也。

赵清旷贺人架楼云：

某兹审华楼经始，有烨其光，门下修五凤楼手段，规模自是宏阔，将见百尺告成，笑语在天上矣。

这几篇尺牍看去都很漂亮，实在是不大高明，其毛病是，总说一句，尺牍又变成古文了。尺牍向来不列入文章之内，虽然"书"是在内，所以一个人的尺牍常比"书"要写得好，因为这是随意抒写，不加造作，也没有畴范，一切都是自然流露。但是如上文所说，自欧苏以后尺牍有专本，也可以收入文集了，于是这也成为文章，写尺牍的人虽不把它与"书"混同，却也换了方法去写，结果成了一种新式古文，这就有点不行了。桐城派的人说做古文忌用尺牍语，却不知写尺牍也正忌做古文，因为二者正是针锋相对地不同。上边卢的一篇却是八大家手笔，或者可以说是王半山的一路罢。方、赵则是六朝谢启之化骈为散者，颇适宜于枯窘及典制题，不过情趣索然，这正是副启又变做正启之故也。我们再举后来几家，这种情形更为明显，如《尺牍奇赏》中所选王百榖九日邀友人云：

空斋无一枝菊，大为五柳先生揶揄。但咏满城风雨近重阳，便昏昏欲睡，足下幸过我一破寂寥。

又送笔云：

惟此毛锥子，铦锋淬砺，一扫千军，知子闯钟王之门，得江淹之梦，谨令听役左右。

又吴从先借木屐云：

雨中兀坐，跬步难移，敢借木屐为半日之用，虽非赌墅之游，敢折东山之齿。

把这些与东坡去比，真觉得相去太远了。明季这群人中到底要算袁中郎最好，有东坡居士之风，归钱也有可取，不过是别一路，取其还实在罢了。

〔附记〕《茶香室四钞》卷十有《宋人小简》一则，引宋朱弁《曲洧旧闻》云：

旧说欧阳公虽作一二十字小简亦必属稿，然明白平易，若未尝经意者，东坡大抵相类，至黄鲁直始专集取古人才语以叙事，士大夫翕然从之，亦一时所尚而已。方古文未行时，虽小简亦多用四六，而世所传宋景文《刀笔集》务为奇险，至或作三字韵语，近世盖未之见。予在馆中时盛暑，傅崧卿给事以冰馈同舍，其简云，"蓬莱道山，群仙所游，清异人境，不风自凉，火云腾空，莫之能炎，饷之冰雪，是谓附益"。读者莫解，或曰，此《灵棋经》耶？一坐大笑。

明谢肇淛《五杂俎》卷十四云：

近时文人墨客，有以浅近之情事而敷以深远之华，以寒暄之套习而饰以绮绘之语，甚者词藻胜而谆切之谊反微，刻画多而往复之意弥远。此在笔端游戏，偶一为之可也，而动成卷帙，其丽不亿，始读之若可喜，而十篇以上稍不耐观，百篇以上无不呕哕矣。而啖名俗子哀然千金享之，吾不知其解也。

此盖对王百穀等人而发，所说亦颇平允。

(廿三年三月)

选自《周作人文类编·3·本色》

# 谈 笔 记

　　近来我很想看点前人笔记。中国笔记本来多得很，从前也杂乱的看得不少，可是现在的意思稍有不同。我所想看的目下暂以近三百年为准，换句话说差不多就是清代的，本来再上溯一点上去亦无不可，不过晚明这一类的著作太多，没有资力收罗，至于现代也不包括在里边，其理由却又因为是太少，新式的杂感随笔只好算是别一项目了。看法也颇有变更，以前的看笔记可谓是从小说引申，现在是仿佛从尺牍推广，这句话有点说得怪，事实却正如此。近年我搜集了些尺牍书，贵重难得的终于得不到外，大约有一百二十种，随便翻阅也觉得有意思，虽然写得顶好自然还只能推东坡和山谷。他们两位的尺牍实在与其题跋是一条根子的，所以题跋我也同样的喜欢看，而笔记多半——不，有些好的多是题跋的性质或态度，如东坡的《志林》更是一个明显的实例。我把看尺牍题跋的眼光移了去看笔记，多少难免有龃龉不相入处，但也未始不是一种看法，不过结果要把好些笔记的既定价值颠倒错乱一下罢了。据

《四库全书总目提要》卷一一七子部杂家类下分类解说云：

> 以立说者谓之杂学，辨证者谓之杂考，议论而兼叙述者谓之杂说，旁究物理胪陈纤琐者谓之杂品，类辑旧文涂兼众轨者谓之杂纂，合刻诸书不名一体者谓之杂编，凡六类。

又卷一四〇子部小说类下云：

> 迹其流别，凡有三派，其一叙述杂事，其一记录异闻，其一缀辑琐语也。

照着上边的分法，杂家里我所取的只是杂说一类，杂考与杂品偶或有百一可取，小说家里单取杂事，异闻虽然小时候最欢喜，现在则用不着，姑且束之高阁。这实在是我看笔记最非正宗的一点。蒲留仙的《聊斋志异》，纪晓岚的《阅微草堂笔记五种》，我承认他们是中国传奇文与志怪小说的末代贤孙，文章也写得不坏，可是现在没有他们的份。我这里所要的不是故事，只是散文小篇，是的，或者就无妨称为小品文，假如这样可以辨别得清楚，虽然我原是不赞同这名称的。姑妄言之的谈狐鬼原也不妨，只苦于世上没有多少这种高明人，中间多数即不入迷也总得相信，至于讲报应的那简直是下流与恶趣了。《广陵诗事》卷九引成安若《皖游集》云,太平寺中一豕现妇人足,弓样宛然(其实是妇人现豕足耳,只可惜士女都未之知),便相信逆妇变猪并非不经之谈。我曾这样说:

> 阮芸台本非俗物,于考据词章之学也有成就,乃喜记录此等恶滥故事,殊不可解。世上不乏妄人,编造《坐花志果》等书,灾梨祸枣,汗牛充栋,几可自成一库,则亦听之而已,雷塘庵主奈何也落此窠白耶。

张香涛著《輶轩语》卷一中有"戒讲学误入迷途"一项云:

> 昨在省会有一士以所著书来上,将《阴骘文》、《感应篇》,世俗道流所谓《九皇经》、《觉世经》,与《大学》、《中庸》杂糅牵引,忽言性理,忽言易道,忽言神灵果报,忽言丹鼎符箓,鄙俚拉杂有如病狂,大为人心风俗之害,当即痛诋而麾去之。明理之士急宜猛省,要知此乃俗语所谓魔道,即与二氏亦无涉也。

张君在清末学者中不能算是大人物,这一节话却很有见识,为一般读书人所不能及。我曾批评陈云伯所著善书《莲花筏》,深惜其以聪明人而作鄙陋语,有云:"此事殊出意外,盖我平时品评文人高下,常以相信所谓文昌与关圣、喜谈果报者为下等,以为颐道居士当不至于此也。"由此可知我对于这一类书是如何的没有好感,虽然我知道要研究士大夫的腐败思想这些都是极好的资料,但是现在无此雅兴,所以只好搁下。与这种神怪报应相反而亦为我所不要看的有专讲典章掌故的一类,如《啸亭杂录》、《清秘述闻》、《郎潜纪闻》等,无论人家怎么看重,认为笔记中的正宗,这都不相干,我总之是不喜欢,所以不敢请教,也并不一定是看不起,他们或者自有其用处,实在只是有点隔教,和我没有什么情分。有人要问,那么是否爱那轻松漂亮的一路呢?正如有人说我必须爱读《梅花草堂笔谈》与《幽梦影》,因为我曾经称扬过公安竟陵派的文学。其实这是未必然的。在一个月前我翻阅《复堂日记》,觉得有一件事情很有意思。日记卷三癸酉同治十二年项下有一则云:

《西青散记》致语幽清,有唐人说部风,所采诸诗,玄想微言,潇然可诵。以示眉叔,欢跃叹赏,固性之所近,施均父略隙五六纸掷去之矣。

《日记补录》（念劬庐丛刻本）光绪二年（丙子）八月初九日条下有云：

奭中展《西青散记》八卷，如木瓜酿，如新来禽，此味非舌阁硬饼者所知。

又十二年（丙戌）二月初四日条云：

阅《西青散记》，笔墨幽玄，心光凄淡，所录诗篇颇似明季钟谭一流，而视竟陵派为有生气也。

《日记续编》光绪二十三年（丁酉）四月十九日条云：

《西青散记》附文略阅竟一过，嚼雪餐霞，味于无味，文章得山水之神，遇之于行墨之外，三十馀年时时有故人之怀，非痂嗜也。

谭君于二十五年中四次赞扬《散记》，可知他对于此书确有一种嗜好，可是我却不敢附和。《复堂日记》中常记读小说，看他评定甲乙，其次序当是《琐蛣杂记》、《夜雨秋灯录》、《里乘》、《客窗闲话》、《伊园谈异》似亦可入，盖谭君多着重文字方面，又不以怪异果报为非也。我看笔记也要他文字好，朴素通达便好，并不喜欢浓艳波俏，或顾影弄姿，有名士美人习气，这一点意思与复堂不同，其次则无取志异。《西青散记》的诗文的确写得不坏，论大体可以与舒白香《游山日记》相比，两者都是才人之笔，但《日记》似乎是男性的，有见识有胆力，而《散记》乃是女性的，拉上许多贺双卿的传说，很有点儿粘缠，容易流入肉麻一路去，还有许多降乩的女仙和显圣的关公，难免雅得俗起来了。《散记》中也有几节文章可以选取的，如卷一记折柳亭的饮饯，卷二记姑恶鸟以及记络纬等鸣虫的一条，又有记儿时情事一则，与沈三白的《浮生六记》卷一所说文情相近。寒斋有瓜渚草堂旧刊本《西青散记》，有时候拿出来翻阅，也颇珍重，不过感情就只是如此而已，我是不喜欢古今名士派的，故对于史梧冈未必能比张元长张心来更看得重也。

上边把各家的笔记乱说了一阵，大都是不满意的。那么到底好的有那几家呢？这话一言难尽，但简单的说，要在文词可观之外再加思想宽大，见识明达，趣味渊雅，懂得人情物理，对于人生与自然能巨细都谈，虫鱼之微小，谣俗之琐屑，与生死大事同样的看待，却又当作家常话的说给大家听，庶乎其可矣。人心不足蛇吞象，野心与理想都难实现，我只希望能具体而微，或只得其一部分，也已可以满足了。据我近几年来的经验，觉得这个很不容易，读过的笔记本不多,较好的只有傅青主的《杂记》、刘继庄的《广阳杂记》、刘青园的《常谈》、郝兰皋的《晒书堂笔录》、马平泉的《朴丽子》、李登斋的《常谈丛录》、王白岩的《江州笔谈》等,此外赵云松、俞理初的著作里也有可看的东西,而《四库总目》著录的顾亭林、王山史、宋牧仲、王贻上、陆扶照、刘玉衡诸人却又在其次了。这里我最觉得奇怪的是顾亭林的《日知录》,顾君的人品与学问是有定评的了,文章我看也写得很干净,那么这部举世推尊的《日知录》论理应该给我一个好印象,然而不然。我看了这书也觉得有几条是好的,有他的见识与思想,朴实可喜,看似寻常而别人无能说者,所以为佳,如卷十三中讲馆舍、街道、官树、桥梁、人聚诸篇皆是。但是我总感到他的儒教徒气,我不非薄别人做儒家或法家道家,可是不可有宗教气而变成教徒,倘若如此则只好实行作揖主义,敬鬼神而远之矣。《日知录》卷十五"火葬"条下云:

> 宋以礼教立国而不能革火葬之俗,于其亡也乃有杨琏真伽之事。

这岂不像是庙祝巫婆的话。卷十八李贽、钟惺两条很明白的表出正统派的凶相,其"朱子晚年定论"一条攻击阳明学派则较为隐藏，末一节云：

> 以一人而易天下，其流风至于百有馀年之久者，古有之矣。王夷甫之清谈，王介甫之新说，其在于今则王伯安之良知是也。孟子曰，天下之生久矣，一治一乱，拨乱世反之正，岂不在于后贤乎。

又卷十九"修辞"一条攻击语录体文，末一则云：

> 自嘉靖以后人知语录之不文，于是王元美之札记，范介儒之肤语，上规子云，下法文中，虽所得有浅深之不同，然可谓知言者矣。

次条题曰"文人摹仿之病"，却劈头说道：

> 近代文章之病全在摹仿，即使逼肖古人已非极诣，况遗其神理而得其皮毛者乎。

心有所蔽，便难免自己撞着，虽然末节的话说得很对，人家看了仍要疑惑，不能相信到底诚意何在。我不想来谤毁先贤，不过举个例子说明好的笔记之不可多得罢了。我对于笔记与对于有些人认为神圣的所谓经是同样的要求,想去吸取一点滋味与养料,得到时同样的领受,得不到时也同样无所爱惜的抛在一旁了。

(二十六年三月十日,在北平写)

选自《周作人文类编·2·千百年眼》

# 《花　镜》

小时候见过的书有些留下很深的印象，到后来还时常记起，有时千方百计的想找到一本来放在书架上，虽然未必是真是要用的书。或者这与初恋的心境有点相像罢？但是这却不能引去作为文艺宣传的例，因为我在书房里念了多年的经书一点都没有影响，而这些闲书本来就别无教训，有的还只是图画而非文字，它所给我的大约单是对于某事物的一种兴趣罢了。假如把这也算作宣传，那么也没有什么不可，天地万物无不有所表示，即有所宣传也，不过这原是题外闲文，反正都没有多大的关系。

我所记得的书顶早的是一部《毛诗品物图考》。大抵是甲午年我正在读"上中"的时候，在亲戚家里看见两本石印小版的《图考》，现在想起来该是积山书局印的，觉得很是喜欢，里边的图差不多一张张的都看得熟了。事隔多年之后遇见这书总就想要买，可是印刷难得好的，去年冬天才从东京买得一部可以算是原刻初印，前后已相去四十年了。这是日本天明四年（一七八四）所刊，著者冈元凤，原是医师，于本草之学素有研究，图画雕刻亦甚工致，似较徐鼎的《毛诗名物图说》为胜。《图说》刻于乾隆辛卯（一七七一），序中自称"凡钓叟村农，樵夫猎户，下至舆台皂隶，有所闻必加试验而后图写"，然其成绩殊不能相副，图不工而说亦陈旧，多存离奇的传说，此殆因经师之不及医师欤。同样的情形则有陈大章的《诗传名物集览》，康熙癸巳（一七一三）刊，与江村如圭的《诗经名物辨解》，书七卷，刊于享保十五年（一七三〇），即清雍正八年也，江村亦业医，所说也比《集览》更简要。《毛诗名物图说》日本文化五年（一八〇八）有翻刻本，丹波元简有序，亦医官也。

其次是陆氏《毛诗草木鸟兽虫鱼疏》，在族人琴逸公那里初次见到，是一册写刻甚精的白纸印本，三十多年来随处留意却总没有找着这样的一本书。现在所有的就是这些普通本子，如明毛晋的《广要》，清赵佑的《校正》，焦循的《陆疏疏》，丁晏的《校正》，以及罗振玉的《新校正》。丁、罗的征引较详备，但据我外行的私见看来却最喜欢焦氏的编法，各条校证列注书名，次序悉照《诗经》先后，似更有条理。罗本最后出，却似未参考赵、焦诸本，用那德国花字似的仿宋聚珍版所印，也觉得看了眼睛不大舒服，其实这也何妨照那《眼学偶得》或《读碑小笺》的样子刻一下子，那就要好得多了。日本渊在宽有《陆疏图解》四卷附一卷，安永八年（一七七九）所刻，大抵根据《广要》

毛氏说作为图像,每一叶四图,不及《名物图考》之精也。

末后所想说的是平常不见经传的书,即西湖花隐翁的《秘传花镜》。《花镜》六卷,有康熙戊辰(一六八八)序,陈淏子著,题叶又称陈扶摇,当系其字。其内容,卷一花历新栽,凡十二月,每月分占验事宜两项;卷二课花十八法,附花间日课,花园款设,花园自供三篇;卷三花木类考;卷四藤蔓类考;卷五花草类考;卷六禽兽鳞虫考附焉。讲起《花镜》自然令人想到湖上笠翁的《闲情偶寄》,其卷五种植部共五分七十则,文字思想均极清新,如竹柳诸篇都是很可喜的小品,其余的读下去也总必有一二妙语散见篇中,可以解颐。这是关于花木的小论文,有对于自然与人事的巧妙的观察,有平明而新颖的表现,少年读之可以医治作文之笨,正如竹之医俗,虽然过量的服了也要成油滑的病症。至于《花镜》,文章也并不坏,如自序就写得颇有风致,其态度意趣大约因为时地的关系罢,与李笠翁也颇相像,但是这是另外一种书,勉强的举一个比喻,可以说是《齐民要术》之流罢。本来也可说是《本草纲目》之流,不过此乃讲园圃的,所以还以农家为近。他不像经学家的考名物,专坐在书斋里翻书,征引了一大堆,到底仍旧不知道原物是什么。他把这些木本、藤本、草本的东西一一加以考察,疏状其形色,说明其喜恶宜忌,指点培植之法,我们读了未必足为写文字的帮助,但是会得种花木,他给我们以对于自然的爱好。我从十二三岁时见到《花镜》，到现在还很喜欢它，去年买了一部原刻本，虽然是极平常的书，我却很珍重它不下于现今所宝贵的明版禁书，因为这是我老朋友之一。我从这里认识了许多草木，都是极平常，在乡间极容易遇见，但是不登大雅之堂，在花园里便没有位置，在书史中也不被提及的。例如淡竹叶与紫花地丁，射干即胡蝶花，山踯躅即映山红，虎耳草即天荷叶，平地木即老勿大。这里想起昔时上祖坟的事，春天采映山红，冬天拔取老勿大，前几时检阅旧日记找出来的一节纪事可以抄在这里，时光绪己亥（一八九九）十月十六日也。

> 午至乌石墓所，拔老勿大约三四十株。此越中俗名也，即平地木，以其不长故名。高仅二三寸，叶如栗，子鲜红可爱，过冬不凋，乌石极多，他处亦有之。性喜阴，不宜肥，种之墙阴背日处则明岁极茂，或天竹下亦佳，须不见日而有雨露处为妙。

这个记载显然受着《花镜》的影响，山头拔老勿大与田间拔"草紫"（即紫云英）原是上坟的常习，因为贪得总是人情，但拿了回来，草紫的花玩过固然也就丢了，嫩叶也瀹食了，老勿大仍在盆里种得好好的，明年还要多结许多子，有五六个一串的，比在山时还要茂盛，而且琐琐的记述其习性，却是不佞所独，而与不读《花镜》的族人不相同者也。《花镜》卷三记平地木，寥寥数行，却亦有致：

> 平地木高不盈尺，叶似桂，深绿色，夏初开粉红细花，结实似南天竹子，至冬大红，子下缀可观。其托根多在瓯兰之傍，虎茨之下，及岩壑幽深处。二三月分栽，乃点缀盆景必需之物也。

即以此文论，何遽不及《南方草木状》或《北户录》耶？

我初次见《花镜》是在一位族兄那里，后来承他以二百文卖给我，现在书已遗失，想起来是另一版本，与我所有者不同。他是一斋公的曾孙，杜煦序茹敦和《越言释》云，"周君一斋读而悦之，缩为巾箱本重梓单行，俾越人易于家置一编。"惜此本不可得，现在常见者也只有啸园重翻本罢了。章实斋《文史通义》版旧亦藏于其家，后由谭复堂斡旋移至杭州官书局，修补重印行世（见《复堂日记》），而李莼客日记中谓周某拟以章板刨去改刻时文，既于事实不合，且并缺乏常识矣。常闻有锯分石碑之传说，李君殆从这里想象出来的吧？

（廿三年三月）

选自《周作人文类编·4·人与虫》

# 《清嘉录》

《清嘉录》十二卷，吴县顾禄著，记述吴中岁时土俗，颇极详备，光绪戊寅（一八七八）有重刊本，在《啸园丛书》中，现今甚易得。原书初刊于道光中，后在日本翻刻，啸园葛氏所刻已是第三代，所谓孙子本矣，校雠不精，多有讹字，唯其流通之功不可没耳。

顾禄字总之，又字铁卿，所著书除《清嘉录》外，寒斋仅有《颐素堂丛书》八种，《颐素堂诗钞》六卷。丛书中第五种曰《御舟召见恭纪》，为其高祖嗣立原著。第七种《山堂五箴》为其友韦光黻著。第四种《烟草录》与褚逢椿共著，余皆顾氏自作。其一曰《雕虫集》，内小赋三十四篇。二曰《紫荆花院排律》，凡试帖诗四十首。三曰《骈香俪艳》，仿《编珠》之例，就花木一类，杂采典故，列为百五十偶。六曰《省闱日纪》，道光壬午（一八二二）秋与韦光黻应乡试纪行之作，七月朔至八月二十日，共历五十日。八曰《买田二十约》，述山居生活和理想，简而多致。以上五书均可以窥见作者的才情韵致，而《日纪》与《二十约》尤佳。如《二十约》之十九曰：

> 约、酒酹地灯，间呼子墨，举平日乡曲所目经耳历者，笔之于简，以恣滑稽调笑，至如朝事升沉，世情叵测，居山不应与闻。

《日纪》在八月项下云：

> 十七日戊午，平明出万绿山庄，万枝髡柳，烟雨迷离，舟中遥望板屋土墙，幽邃可爱。舟人挽纤行急，误窜入罾网中，遂至勃豀。登岸相劢，几为乡人所窘，偿以百钱，始悻悻散。行百馀里，滩险日暮，不敢发，约去港口数里泊。江潮大来，荻芦如雪，肃肃与内相搏。推窗看月，是夕正望，宛如紫金盘自水中涌出。水势益长，澎湃有声，与君绣侣梅纵谈，闻金山蒲牢声，知漏下矣，覆絮衾而眠。

正可说大有《吴船》之嗣响也。

《颐素堂诗钞》六卷，共古今体诗三百二首，道光乙酉（一八二五）年刊本，刻甚精工。诗中大抵不提岁月，故于考见作者生活方面几乎无甚用处，唯第三卷诗三十七首皆咏苏州南京中间景物，与《省闱日纪》所叙正合，知其为道光壬午秋之作耳。《雕虫集》刊于嘉庆戊寅（一八一八），褚逢椿序云，顾君总之髫龄时所撰也。《颐素堂诗钞》出版于七年后，林衍源序云，总之之才为天所赋，尚在少年，而诗之多且工若是，是则可传也。约略因此可以知其年辈，其生卒出处则仍未知其详。至于诗，诸家序跋题词虽然很是称扬，但在我外行看去却并不怎么好，卷五中这一首诗似乎要算顶好了，题曰《过某氏园》：

> 我昔曾经此，春风绕砌香。
> 今来能几日，青草似人长。
> 风竹忽敲户，雨花时堕墙。
> 谁将盛罗绮，珍重惜韶光。

《清嘉录》十二卷这恐怕是顾氏最重大的业绩了罢。如顾承序中所说："荟萃群书，自元日至于岁除，凡吴中掌故之可陈，风谣之可采者，莫不按节候而罗列之，名之曰《清嘉录》，洵吾吴未有之书也。"凡每卷记一月的事情，列项目共二百四十二，纪述之后继以征引，间加考证。如顾日新序中所说："访诸父老，证以前闻，纠缪摘讹，秩然有体。庄子谓道在蝼蚁，道在尿溺。夫蝼蚁尿溺至微且浊矣，而不嫌每下而愈况，盖天地之至道贯于日用人事，其传之于世者皆其可笔之于书者也。"称赞与辩解混合的说法在当时大约也不可少，其意思也有几分道理，不过未免说的旧式一点罢了。我们对于岁时土俗为什么很感到兴趣，这原因很简单，就为的是我们这平凡生活里的小小变化。人民的历史本来是日用人事的连续，而天文地理与物候的推移影响到人事上，便生出种种花样来，大抵主意在于实用，但其对于季节的反应原是一样的。在中国诗歌以及绘画上这种情形似乎亦很显著，普通说文学滥调总是风花雪月，但是滥调则不可（凡滥调均不可），风花雪月别无什么毛病，何足怪乎。池塘生春草，园柳变鸣禽，这与看见泥土黑了想到可以下种，同是对于物候变迁的一种感觉，这里不好说雅俗之分，不过实者为实用所限，感触不广，华或虚者能引起一般的兴趣，所以仿佛更多诗意了。在这上面再加上地方的关系，更是复杂多趣，我们看某处的土俗，与故乡或同或异，都觉得有意味，异可资比较，同则别有亲近之感。《清嘉录》卷四记立夏日风俗，其"秤人"一条云：

> 家户以大秤权人轻重，至立秋日又秤之，以验夏中之肥瘠。蔡云《吴歈》云，风开绣阁飏罗衣，认是秋千戏却非。为挂量才上官秤，评量燕瘦与环肥。南方苦热，又气候潮湿，故入夏人常眠食不服，称曰蛀夏，秤人之俗由是而起，若在北地则无是矣。

**又卷五记梅雨有"梅水"一条云：**

> 居人于梅雨时备缸瓮收蓄雨水，以供烹茶之需，名曰梅水。徐士铉《吴中竹枝词》云，阴晴不定是黄梅，暑气薰蒸润绿苔。瓮瓮竞装天雨水，烹茶时候客初来。案长元吴志皆载梅天多雨，雨水极佳，蓄之瓮中，水味经年不变。又《昆新合志》云，人于初交霉时备缸瓮贮雨，以其甘滑胜山泉，嗜茶者所珍也。

正如卷首例言所说："吴越本属一家，而风土大略相同，故书中杂引浙俗为最繁"，这里记的原是吴俗，而在我读了简直觉得即是故乡的事情了。我们在北京住惯了的，平常很喜欢这里的气候风土，不过有时想起江浙的情形来也别有风致，如大石板的街道，圆洞的高大石桥，砖墙瓦屋，瓦是一片片的放在屋上，不要说大风会刮下来，就是一头猫走过也要格格的响的。这些都和雨有关系。南方多雨，但我们似乎不大以为苦。雨落在瓦上，瀑布似的掉下来，用竹水溜引进大缸里，即是上好的茶水。在北京的屋瓦上是不行的，即使也有那样的雨。出门去带一副钉鞋雨伞，有时候带了几日也常有，或者不免淋得像落汤鸡，但这只是带水而不拖泥，石板路之好处就在此。不过自从维新志士拆桥挖石板造马路拉东洋车之后，情形怕大不相同了，街上走走也得拖泥带水，目下唯一余下的福气就只还可以吃口天落水了罢。从前在南京当学生时吃过五六年的池塘水，因此觉得有梅水可吃实在不是一件微小的福气呀。

〔附记〕按明谢在杭《五杂俎》卷三云："闽地近海，井泉水多咸，人家惟用雨水烹茶，盖取其易致而不臭腐，然须梅雨者佳。江北之雨水不堪用者，屋瓦多粪土也。"又卷十一云："闽人苦山泉难得，多用雨水，其味甘不及山泉而清过之。然自淮而北则雨水苦黑，不堪烹茶矣，惟雪水冬月藏之，入夏用乃绝佳。夫雪固雨所凝也，宜雪而不宜雨，何故？或曰，北地屋瓦不净，多秽泥涂塞故耳。"此两节均说明北方雨水不能用之故，可供参证。

选自《周作人文类编·6·花煞》

# 论八股文

我查考中国许多大学的国文学系的课程，看出一个同样的极大的缺陷，便是没有正式的八股文的讲义。我曾经对好几个朋友提议过，大学里——至少是北京大学应该正式地"读经"，把儒教的重要的经典，例如《易》、《诗》、《书》，一部部地来讲读，照在现代科学知识的日光里，用言语历史学来解释它的意义，用"社会人类学"来阐明它的本相，看它到底是什么东西，此其一。在现今大家高呼伦理化的时代，固然也未必会有人胆敢出来提倡打倒圣经，即使当日真有"废孔子庙罢其祀"的呼声，他们如没有先去好好地读一番经，那么也还是白呼的。我的第二个提议即是应该大讲其八股，因为八股是中国文学史上承先启后的一个大关键，假如想要研究或了解本国文学而不先明白八股文这东西，结果将一无所得，既不能通旧的传统之极致，亦遂不能知新的反动之起源。所以，除在文学史大纲上公平地讲过之外，在本科二三年应礼聘专家讲授八股文，每周至少二小时，定为必修科，凡此课考试不及格者不得毕业。这在我是十二分地诚实的提议，但是，呜呼哀哉，朋友们似乎也以为我是以讽刺为业，都认作一种玩笑的话，没有一个肯接受这个条陈。固然，人选困难的确也是一个重要的原因，精通八股的人现在已经不大多了，这些人又未必都适于或肯教，只有夏曾佑先生听说曾有此意，然而可惜这位先觉早已归了道山了。

八股文的价值却绝不因这些事情而跌落。它永久是中国文学——不，简直可以大胆一点说中国文化的结晶，无论现在有没有人承认这个事实，这总是不可遮掩的明白的事实。八股算是已经死了，不过，它正如童话里的妖怪，被英雄剁做几块，它老人家整个是不活了，那一块一块的却都活着，从那妖形妖势上面看来，可以证明老妖的不死。我们先从汉字看起。汉字这东西与天下的一切文字不同，连日本朝鲜在内：它有所谓六书，所以有象形会意，有偏旁；有所谓四声，所以有平仄。从这里，必然地生出好些文章上的把戏。有如对联，"云中雁"对"鸟枪打"这种对法，西洋人大抵还能了解，至于红可以对绿而不可以对黄，则非黄帝子孙恐怕难以懂得了。有如灯谜、诗钟。再上去，有如律诗、骈文，已由文字的游戏而进于正宗的文学。自韩退之文起八代之衰，化骈为散之后，骈文似乎已交末运，然而不然；八股文生于宋，至明而少长，至清而大成，实行散文的骈文化，结果造成一种比六朝的骈文还要圆熟的散文诗,真令人有观止之叹。而且破题的作法差不多就是灯谜,至于有些"无情搭"显然须应用诗钟的手法才能奏效。所以八股不但是集合古今骈散的菁华,凡是从汉字的特别性质演出的一切微妙的游艺也都包括在内,所以我们说它是中国文学的结晶,实在是没有一丝一毫的虚价。民国初年的文学革命,据我的解释,也原是对于八股文化的一个反动,世上许多褒贬都不免有点误解,假如想了解这个运动的意义而不先明了八股是什么东西,那犹如不知道清朝历史的人想懂辛亥革命的意义,完全是不可能的了。

其次,我们来看一看八股里的音乐的分子。不幸我于音乐是绝对的门外汉,就是顶好的音乐我听了也只是不讨厌罢了,全然不懂它的好处在那里,但是我知道,中国国民酷好音乐,八股文里含有重量的音乐分子,知道了这两点,在现今的谈论里也就勉强可以对付了。我常想中国人是音乐的国民,虽然这些音乐在我个人偏偏是不甚喜欢的。中国人的戏迷是实在的事,他们不但在戏园子里迷,就是平常一个人走夜路,觉得有点害怕,或是闲着无事的时候,便不知不觉高声朗诵出来,是《空城计》的一节呢,还是《四郎探母》,因为是外行我不知道,但总之是唱着什么就是。昆曲的句子已经不大高明,皮黄更是不行,几乎是"八部书外"的东西,然而中国的士大夫也乐此不疲,虽然他们如默读脚本,也一定要大叫不通不止,等到在台上一发声,把这些不通的话拉长了,加上丝弦家伙,他们便觉得滋滋有味,颠头摇腿,至于忘形。我想,这未必是中国的歌唱特别微妙,实在只是中国人特别嗜好节调罢。从这里我就联想到中国人的读诗,读古文,尤其是读八股的上面去。他们读这些文章时的那副情形大家想必还记得,摇头摆脑,简直和听梅畹华先生唱戏时差不多,有人见了要诧异地问,哼一篇烂如泥的烂时文,何至于如此快乐呢?我知道,他是麻醉于音乐里哩。他读到这一出股:"天地乃宇宙之乾坤,吾心实中怀之在抱,久矣夫千百年来已非一日矣,溯往事以追维,曷勿考记载而诵诗书之典要",耳朵里只听得自己的琅琅的音调,便有如置身戏馆,完全忘记了这些狗屁不通的文句,只是在抑扬顿挫的歌声中间三魂渺渺七魄茫茫地陶醉着了。(说到陶醉,我很怀疑这与抽大烟的快乐有点相近,只可惜现在还没有充分的材料可以证明。)再从反面说来,做八股文的方法也纯粹是音乐的。它的第一步自然是认题,用做灯谜、诗钟以及喜庆对联等法,检点应用的材料,随后是选谱,即选定合宜的套数,按谱填词,这是极重要的一点。从前有一个族叔,文理清通,而屡试不售,遂发愤用功,每晚坐高楼上朗读文章(《小题正鹄》?)半年后应府县考皆列前茅,次年春间即进了秀才。这个很好的例可以证明八股是文义轻而声调重,做文的秘诀是熟记好些名家旧谱,临时照填,且填且歌,跟了上句的气势，下句的调子自然出来，把适宜的平仄字填上去，便可成为上好时文了。中国人无论写什么都要一面吟哦着，也是这个缘故，虽然所做的不是八股。读书时也是如此，甚至读家信或报章也非朗诵不可，于此更可以想见这种情形之普遍了。

其次，我们再来一谈中国的奴隶性罢。几千年来的专制养成很顽固的服从与模仿根性，结果是弄得自己没有思想，没有话说，非等候上头的吩咐不能有所行动，这是一般的现象，而八股文就是这个现象的代表。前清末年有过一个笑话，有洋人到总理衙门去，出来了七八个红顶花翎的大官，大家没有话可讲，洋人开言道："今天天气好。"首席的大声答道："好。"其余的红顶花翎接连地大声答道"好好好……"，其声如狗叫云。这个把戏，是中国做官以及处世的妙诀，在文章上叫做"代圣贤立言"，又可以称做"赋得"，换句话就是奉命说话。做"制艺"的人奉到题目，遵守"功令"，在应该说什么与怎样说的范围之内，尽力地显出本领来，显得好时便是"中式"，就是新贵人的举人进士了。我们不能轻易地笑前清的老腐败的文物制度，它的精神在科举废止后在不曾见过八股的人们的心里还是活着。吴稚晖公说过，中国有土八股，有洋八股，有党八股，我们在这里觉得未可以人废言。在这些八股做着的时候，大家还只是旧日的士大夫，虽然身上穿着洋服，嘴里咬着雪茄。要想打破一点这样的空气，反省是最有用的方法，赶紧去查考祖先的窗稿，拿来与自己的大作比较一下，看看土八股究竟死绝了没有，是不是死了之后还是夺舍投胎地复活在我们自己的心里。这种事情恐怕是不大愉快的，有些人或者要感到苦痛，有如洗刮身上的一个大疔疮。这个，我想也可以各人随便，反正我并不相信统一思想的理论，假如有人怕感到幻灭之悲哀，那么让他仍旧把膏药贴上也并没有什么不可罢。

总之我是想来提倡八股文之研究，纲领只此一句，其余的说明可以算是多余的废话，其次，我的提议也并不完全是反话或讽刺，虽然说得那么地不规矩相。

（十九年五月）

选自《周作人文类编·2·千百年眼》

## 关于近代散文

我与国文的因缘说起来很有点儿离奇。我曾经在大学里讲过几年国文，可是我自己知道不是弄国文的，不能担当这种工作。

在书房里我只读完了"四书"，"五经"则才读了一半，这就是说《诗》与《易》，此外都只一小部分。进了水师学堂之后，每礼拜有一天的汉文功课，照例做一篇《管仲论》之类的文章，老师只给加些圈点，并未教示什么义法与规矩。

民国前六年往日本，这以后就专心介绍翻译外国文学，虽然成绩不能很好，除了长篇小说三部，中篇二部，即《炭画》与《黄蔷薇》之外，只有两册《域外小说集》刊行于世。民国元年在本省教育司做了半年卧病的视学，后来改而教书，自二年至六年这中间足足五十个月，当了省立第五中学的英文教员，至其年四月这才离开绍兴，来到北京。

当时蔡孑民先生接办北京大学，由家兄写信来叫我，说是有希腊罗马文学史及古英文等几门功课，可以分给我担任，于是跑来一看，反正那时节火车二等单趟不过三四十元，出门不是什么难事。及至与蔡先生见面，说学期中间不能添开功课，这本来是事实，还是教点预科的作文吧。这使我听了大为丧气，并不是因为教不到本科的功课，实在觉得国文非我能力所及，虽然经钱玄同、沈尹默诸位朋友竭力劝挽，我也总是不答应，从马神庙回寓的路上就想定再玩两三日，还是回绍兴去。

可是第二天早半天蔡先生到会馆来，叫我暂在北大附设的国史编纂处充任编纂之职，月薪一百二十元，刚在洪宪倒坏之后，中交票不兑现，只作五六折使用，却也不好推辞，便即留下，在北京过初次的夏天。这期间不幸发生了一次很严重的疹子，接着又遇见那滑稽而丑恶的复辟，这增进了我好些见识，所以也可以说是不幸中之幸。

秋间北大开学，我加聘为文科教授，担任希腊罗马文学史、欧洲文学史两课各三小时，一面翻译些外国小说，送给《新青年》发表，又在《晨报》副刊上写点小文章，这样仿佛是我的工作上了轨道，至文学研究会成立，沈雁冰、郑西谛接办《小说月报》，文学运动亦已开始了。

恰巧友人沈尹默、钱玄同、马幼渔、叔平、隅卿等在办理孔德学校，拉我参加，尹默托我代改高小国文作文本，我也答应了，现今想起来是我与国文发生关系之始，其后又与尹默、玄同分担任初中四年国文教课，则已在民国十二三年顷矣。

十一年夏天承胡适之先生的介绍,叫我到燕京大学去教书,所担任的是中国文学系的新文学组,我被这新字所误,贸贸然应允了,岂知这还是国文,根本原是与我在五年前所坚不肯担任的东西一样,真是大上其当。这不知怎样解说好,是缘分呢,还是命运,我总之是非教国文不可。那时教师只是我一个人,助教是许地山,到第二年才添了一位讲师,便是俞平伯。我的功课是两小时,地山帮教两小时,即是我的国语文学这一门的一部分。

我自己担任的国语文学大概也是两小时吧,我知道这应当怎样教法,要单讲现时白话文,随后拉过去与《儒林外史》、《红楼梦》、《水浒传》相连接,虽是容易,却没有多大意思,或者不如再追上去到古文里去看也好。我最初的教案便是如此,从现代起手,先讲胡适之的《建设的文学革命论》,其次是俞平伯《西湖六月十八夜》,底下就没有什么了。其时冰心女士还在这班里上课,废名则刚进北大预科,徐志摩更是尚未出现,这些人的文章后来也都曾选过,不过那是在民国十七八年的时候。这之后加进一点白话译的《旧约》圣书,是《传道书》与《路得记》吧,接着便是《儒林外史》的楔子,讲王冕的那一回,别的白话小说就此略过,接下去是金冬心的《画竹题记》等,郑板桥的题记和家书数通,李笠翁的《闲情偶寄》抄,金圣叹的《水浒传序》。明朝的有张宗子、王季重、刘同人,以至李卓吾，不久随即加入了三袁，及倪元璐、谭友夏、李开先、屠隆、沈承、祁彪佳、陈继儒诸人，这些改变的前后年月现今也不大记得清楚了。

大概在这三数年内，资料逐渐收集，意见亦由假定而渐确实，后来因沈兼士先生招赴辅仁大学讲演，便约略说一过，也别无什么新鲜意思，只是看出所谓新文学在中国的土里原有它的根，只要着力培养，自然会长出新芽来，大家的努力绝不白费，这是民国二十一年的事。至于资料，又渐由积聚而归删汰，除重要的几个人以外，有些文章都不收入，又集中于明代，起于李卓吾，以李笠翁为殿，这一回再三斟酌，共留存了十人，文章长短七十余篇，重复看了一遍，看出其中可以分作两路，一是叙景兼事的纪游文，一是说理的序文，大抵关于思想文学问题的，此本出于偶然，但是我想到最初所选用的胡俞二君的大文，也正是这两条路的代表作，我觉得这偶然便大有意味，说是非偶然亦可也。还有一层，明季的新文学发动于李卓吾，其思想的分子很是重要，容肇祖君在《李卓吾评传》中也曾说及。民初的新文学运动正是一样，它与礼教问题是密切有关的，形式上是文字文体的改革，但假如将其中的思想部分搁下不提，那么这运动便成了出了气的烧酒，只剩下新文艺腔，以供各派新八股之采用而已。

明末这些散文，我们这里称之曰近代散文，虽然已是三百年前，其思想精神却是新的，这就是李卓吾的一点非圣无法气之留遗，说得简单一点，不承认权威，疾虚妄，重情理，这也就是现代精神，现代新文学如无此精神也是不能生长的。古今不同的地方有这一点，李卓吾打破固有的虚妄，却是走进佛教里去，被道学家称为异端，现今则以中国固有的疾虚妄的精神为主，站在儒家的立场来清算一切谬误，接受科学知识做帮助，这既非教旨，亦无国属，故能有利无弊。

我本来不是弄国文的人，现在却来谈论国文，又似乎很有意见，说得津津有味，岂不怪哉。我自己还是相信没有教国文的能力，但我是中国人，对于汉文自不能一点不懂不会，至少与别的事物相比总得要多知道一点，而且究竟讲过十年以上，虽然不知说的对与不对，总之于不知为不知之外问我所知，则国文终不得不拿来搪塞说是其一矣。近代散文的资料至今存在，闲中取阅，重为订定，人数篇数具如上述。国文教员乐得摆脱，破书断简落在打鼓担里有何可惜，但凡有所主张亦即有其责任，我今对于此事更有说明，非重视什么主张，实只是表明自己的责任而已。

（民国三十四年七月二十七日，在北京）

选自《周作人文类编·3·本色》

# 小说的回忆

小说我在小时候实在看了不少，虽则经书读得不多。本来看小说或者也不能算多，不过与经书比较起来，便显得要多出几倍，而且我的国文读通差不多全靠了看小说，经书实在并没有给了什么帮助，所以我对于耽读小说的事正是非感谢不可的。十三经之中，自从叠起书包，作揖出了书房门之后，只有《诗经》、《论语》、《孟子》、《礼记》、《尔雅》（这还是因了郝懿行的《义疏》的关系），曾经翻阅过一两遍，别的便都久已束之高阁，至于内容也已全部还给了先生了。小说原是中外古今好坏都有，种类杂乱得很，现在想起来，无论是什么，总带有多少好感，因为这是当初自己要看而看的，有如小孩手头有了几文钱，跑去买了些粽子糖炒豆花生米之属，东西虽粗，却吃得滋滋有味，与大人们揪住耳朵硬灌下去的汤药不同，即使那些药不无一点效用（这里姑且这么说），后来也总不会再想去吃的。关于这些小说，头绪太纷繁了，现在只就民国以前的记忆来说，一则事情较为简单，二则可以不包括新文学在内，省得说及时要得罪作者，——他们的著作，我读到的就难免要乱说，不曾读到又似乎有点渺视，都不是办法，现在有这时间的限制，这种困难当然可以免除了。

我学国文，能够看书及略写文字，都是从看小说得来，这种经验大约也颇普通，前清嘉庆时人郑守庭的《燕窗闲话》中有着相似的记录，其一节云：

> 予少时读书易于解悟，乃自旁门入。忆十岁随祖母祝寿于西乡顾宅，阴雨兼旬，几上有《列国志》一部，翻阅之仅解数语，阅三四本解者渐多，复从头翻阅，解者大半。归家后即借说部之易解者阅之，解有八九。除夕侍祖母守岁，竟夕阅《封神传》半部，《三国志》半部，所有细评无暇详览也。后读《左传》，其事迹可知，但于字句有不明者，讲解时尽心谛听，由是阅他书益易解矣。

我十岁时候正在本家的一个文童那里读《大学》，开始看小说还一直在后，大抵在两三年之后吧，但记得清楚的是十五岁时在看《阅微草堂笔记》。我的经验大概可以这样总结的说：由《镜花缘》、《儒林外史》、《西游记》、《水浒传》等渐至《三国演义》，转到《聊斋志异》，这是从白话转入文言的径路，教我懂文言并略知文言的趣味者，实在是这

《聊斋》，并非什么经书或是古文读本。《聊斋志异》之后，自然是那些《夜谈随录》、《淞隐漫录》等的假《聊斋》，一变而转入《阅微草堂笔记》，这样，旧派文言小说的两派都已入门，便自然而然的跑到《唐代丛书》里边去了。这里说得很简单轻便，事实上自然也要自有主宰，能够"得鱼忘筌"，乃能通过小说的阵地获得些语文以及人事上的知识，而不至长久迷困在里面。现在说是回忆，也并不是追述故事，单只就比较记得的几种小说略为谈谈，也只是一点儿意见和印象，读者若是要看客观的批评的话，那只可请去求之于文学史中了。

首先要说的自然是《三国演义》。这并不是我最先看的，也不是最好的小说，它之所以重要是由于影响之大，而这影响又多是不良的。关于这书，我近时说过一节话，可以就抄在这里：

> 前几时借《三国演义》，重看一遍。从前还是在小时候看过的，现在觉得印象很不相同，真有点奇怪它的好处是在那里。这些年中意见有些变动，第一对于关羽，不但是伏魔大帝妖异的话，就是汉寿亭侯的忠义，也都怀疑了，觉得他不过是帮会里的一个英雄，其影响及于后代的只是桃园结义这一件事罢了。刘玄德我并不以为他一定应该做皇帝，无论中山靖王谱系

的真伪如何,中国古来的皇帝本来谁都可以做的,并非必须姓刘的才行,以人物论实在也还不及孙曹,只是比曹瞒少杀人,这是他唯一的长处。诸葛孔明我也看不出他好在什么地方,《演义》里的那一套诡计,才比得《水浒》的吴学究,若说读书人所称道的鞠躬尽瘁死而后已的精神,又可惜那《后出师表》是后人假造,我们要成人之美,或者承认他治蜀之遗爱可能多有,不过这些在《演义》里没有说及。掩卷以后仔细回想,这书里的人物有谁值得佩服,很不容易说出来,末了终于只记起了一个孔融,他的故事在书里是没有什么,但这确是一个杰出的人。从前所见木版《三国演义》的绣像中,孔北海头上好像戴了一顶披肩帽,侧面画着,飘飘的长须吹在一边,这个样子也还不错。他是被曹瞒所杀的一人,我对于曹的这一点正是极不以为然的。

其次讲到《水浒》,这部书比《三国》要有意思得多了。民国以后,我还看过几遍,其一是日本铜版小本,其二是有胡适之考证的新标点本,其三是刘半农影印的贯华堂评本,看时仍觉有趣味。《水浒》的人物中间,我始终最喜欢鲁智深,他是一个纯乎赤子之心的人,一生好打不平,都是事不干己的,对于女人毫无兴趣,却为了她们一再闹出事来，到处闯祸，而很少杀人，算来只有郑屠一人，也是因为他自己禁不起而打死的。这在《水浒》作者意中，不管他是否施耐庵，大概也是理想的人物之一吧。李逵我却不喜欢，虽然与宋江对比的时候也觉得痛快，他就只是好胡乱杀人，如江州救宋江时不寻官兵厮杀，却只向人多处砍过去，可以说正是一只野猫，只有以兽道论是对的吧。——设计赚朱仝上山的那时，李逵在林子里杀了小衙内，把他梳着双丫角的头劈作两半，这件事我是始终觉得不能饶恕的。武松与石秀都是可怕的人，两人自然也分个上下，武松的可怕是煞辣，而石秀则是凶险，可怕以至可憎了。武松杀嫂以及飞云楼的一场，都是为报仇，石秀的逼杨雄杀潘巧云，为的要自己表白，完全是假公济私，这些情形向来都瞒不过看官们的眼，本来可以不必赘说。但是可以注意的是，前头武松杀了亲嫂，后面石秀又杀盟嫂，据金圣叹说来，固然可以说是由于作者故意要显他的手段，写出同而不同的两个场面来，可是事实上根本相同的则是两处都惨杀女人，在这上面作者似乎无意中露出了一点羊脚，即是他对女人憎恶的程度。《水浒》中杀人的事情也不少，而写杀潘金莲杀潘巧云、迎儿处却是特别细致残忍，或有点欣赏的意思，在这里又显出淫虐狂的痕迹来了。十多年前，莫须有先生在报上写过小文章，对于《水浒》的憎女家态度很加非难，所以上边的意见也可以说是起源于他的。语云,饱暖思淫欲,似应续之曰,淫欲思暴虐。一夫多妻的东方古国,最容易有此变态,在文艺上都会得显示出来,上边所说只是最明显的一例罢了。

《封神传》、《西游记》、《镜花缘》,我把这三部书归在一起,或者有人以为不伦不类,不过我的这样排列法是有理由的。本来《封神传》是《东周列国》之流,大概从《武王伐纣书》转变出来的,原是历史演义,却着重在使役鬼神这一点上敷衍成么一部怪书,见神见鬼的么说怪话的书大约是无出其右的了。《西游记》因为是记唐僧取经的事,有人以为隐藏着什么教理,(却又说是道教的,"先生每"又何苦来要借和尚的光呢!)这里我不想讨论,虽然我自己原是不相信的,我只觉得它写孙行者和妖精的变化百出,很是好玩,与《封神》也是一类。《镜花缘》前后实在是两部分,那些考女状元等等的女权说或者也有意义,我所喜欢的乃是那前半,即唐敖、多九公漂洋的故事。这三种小说的性质如何不同且不管它,我只合在一处,在古来缺少童话的中国当作这一类的作品看,亦是慰情胜无的事情。《封神传》乡下人称为"纣鹿台",虽然差不多已成为荒唐无稽的代名词,但是"姜太公神位在此"的红纸到处贴着,他手执杏黄旗骑着四不像的模样也是永久活在人的空想里,因为一切幻术都是童话世界的应有的陈设,缺少了便要感觉贫乏的。它的缺点只是没有个性,近似,单调,不过这也是童话或民话的特征,它每一则大抵都只是用了若干形式凑拼而成的,有如七巧图一般,摆得好的虽然也可以很好。孙猴子的描写要好得多了,虽则猪八戒或者也不在他之下,其他的精怪则和阐截两教之神道差不多,也正是童话剧中的木头人而已,不过作者有许多地方都很用些幽默,所以更显示得有意思。儿童与老百姓是颇有幽默感的,所以好的童话和民话都含有滑稽趣味。我的祖父常喜欢讲,孙行者有一回战败逃走无处躲藏,只得摇身一变,变成一座古庙,剩下一根尾巴,苦于无处安顿,只好权作旗杆,放在后面。妖怪赶来一看,庙倒是不错,但是一根旗杆竖在庙背后,这种庙宇世上少有,一定是孙猴变的,于是终被看破了。这件故事看似寻常,却实在是儿童的想头,小孩听了一定要高兴发笑的,这便是价值的所在。几年前写过一篇五言十二韵、上去声通押的"诗",是说《西游记》的,现在附录于下,作为补充的资料。

儿时读《西游》,最喜孙行者。
此猴有本领,言动近儒雅。
变化无穷尽;童心最欲讶。
亦有猪八戒,妙处在粗野。
偷懒说谎话,时被师兄骂。
却复近自然,读过亦难舍。

虽是上西天，一路尽作耍。

只苦老和尚，落难无假借。

却令小读者，展卷忘昼夜。

著书赠后人，于兹见真价。

即使谈玄理，亦应如此写。

买椟而还珠，一样致感谢。

《镜花缘》的海外冒险部分，利用《山海经》、《神异》、《十洲》等的材料，在中国小说家可以说是唯一的尝试，虽然奇怪比不上水手辛八达《航海述奇》（《天方夜谭》中的一篇有名故事，民国前有单行译本，即用这个名字），但也是在无鸟树林里的蝙蝠，值得称赏，君子国、白民国、女人国的记事，富于诙谐与讽刺，即使比较英国的《格列佛游记》，不免如见大巫，却也总是个小巫，可以说是具体而微的一种杰作了。这三部书我觉得它都好，虽则已有多年不看，不过我至今还是如此想，这里可以有一个证明。还是在当学生的时代，得到了一本无编译者姓名的英文选本《天方夜谭》，如今事隔多年，又得了英国理查白顿译文的选本，翻译的信实是天下有名的，重新翻阅一遍，渔人与瓶里的妖神、女人和她的两只黑母狗、阿拉丁的神灯、阿利巴巴与四十个强盗和胡（似应为芝，——编者注）麻开门的故事都记了起来，这八百多页的书就耽读完了，把别的书物都暂时搁在一边。我相信假如现在再拿《西游》或《封神》来读，一定也会得将翻看着的唐诗搁下，专心去看那些妖怪神道的。——但是《天方夜谭》在中国，至今只有光绪年间金石的一种古文译本，好像是专供给我们老辈而不预备给小人们看似的，这真是一件很可惜的事。

《红楼梦》自然也不得不一谈，虽然关于这书谈的人太多了，多谈不但没用，而且也近于无聊，我只一说对于大观园里的女人意见如何。正册的二十四钗中，当然秋菊春兰各有其美，但我细细想过，觉得曹雪芹描得最成功也最用力的乃是王熙凤，她的缺点和长处是不可分的，《红楼梦》里的人物好些固然像是实在有过的人一样，而凤姐则是最活现的一个，也自然最可喜。副册中我觉得晴雯很好，而袭人也不错，别人恐怕要说这是老子韩非同传，其实她有可取，不管好坏怎么地不一样。《红楼梦》的描写和语言是顶漂亮的，《儿女英雄传》在用语这一点上可以相比，我想拿来放在一起，二者运用北京话都很纯熟，因为原来作者都是旗人。《红楼梦》虽是清朝的书，但大观园中犹如桃源似的，时代的空气很是稀薄，起居服色写得极为朦胧，始终似在锦绣的戏台布景中，《儿女英雄传》则相反地表现得很是明确。前清科举考试的情形，世家家庭间的礼节辞令，有详细的描写，这是一种难得的特色。从前我说过几句批评，现在意见还是如此，可以再应用在这里：

《儿女英雄传》还是三十多年前看过的，近来重读一过，觉得实在写得不错。平常批评的人总说笔墨漂亮，思想陈腐。这第一句大抵是众口一词，没有什么问题，第二句也并未说错，不过我却有点意见。如要说书的来反对科举，自然除了《儒林外史》再也无人能及，但志在出将入相，而且还想入圣庙，则亦只好推《野叟曝言》去当选了。《儿女英雄传》作者的昼梦只是想点翰林，那时候恐怕只是常情，在小说里不见得是顶腐败，他又喜欢讲道学，而安老爷这个脚色在全书中差不多写得最好。我曾说过玩笑话，像安学海那样的道学家，我也不怕见见面，虽然我平常所顶不喜欢的东西道学家就是其一。此书作者自称怨道，觉得有几分对，大抵他通达人情物理，所以处处显得大方，就是其陈旧迂谬处也总不教人怎么生厌，这是许多作者都不易及的地方。写十三妹除了能仁寺前后一段稍为奇怪外，大体写得很好。天下自有这一种矜才使气的女孩儿，大约列公也曾遇见一位过来，略具一鳞半爪，应知鄙言非妄，不过这里集合起来，畅快的写一番罢了。书中对于女人的态度我觉得颇好，恐怕这或者是旗下的关系，其中只是承认阳奇阴偶的谬论，我们却也难深怪，此外总是一个人相对待，绝无淫虐狂的变态形迹，够得上说是健全的态度。小时候读弹词《天雨花》，很佩服左维明，但是他在阶前剑斩犯淫的侍女，至今留下一极恶的印象，若《水浒》之特别憎恶女性，曾为废名所指摘，小说中如能无此污染，不可谓非难得而可贵也。

我们顺便地就讲到《儒林外史》。它对于前清的读书社会整个的加以讽刺，不但是高翰林、卫举人、严贡生等人荒谬可笑，就是此外许多人，即使作者并无嘲弄的意思，而写了出来也是那个无聊社会的一分子，其无聊正是一样的。程鱼门在作者的传里说此书"穷极文士情态"，正是说得极对，而这又差不多以南方为对象的，与作者同时代的高南阜曾评南方士人多文俗，也可以给《儒林外史》中人物作一个总评。这书的缺陷是专讲儒林，如今事隔百余年，教育制度有些变化了，读者恐要觉得疏远，比较的减少兴味，亦可未知。但是科举虽废，士大夫的传统还是俨存，诚如识者所说，青年人原是老头儿的儿子，读书人现在改称知识阶级，仍旧一代如一代，所以《儒林外史》的讽刺在这个时期还是长久有生命的。中国向来缺少讽刺滑稽的作品，这部书是唯一的好成绩，不过如喝一口酸辣的酒，里边多含一点苦味，这也实在是难怪的，水土本来有点儿苦，米与水自然也如此，虽有好酿手者奈之何。后来写这类谴责小说的也有人，但没有赶得上的。《二十年目睹之怪现状》是一部笔记，虽有人恭维，我却未能佩服，吴趼人的老新党的思想往往不及前朝的人（例如吴敬梓），他始终是个成功的上海的报人罢了。

《品花宝鉴》与《儒林外史》、《儿女英雄传》同是前清嘉道时代的作品，虽然是以北京的相公生活为主题，实在也是一部好的社会小说。书中除所写主要的几个人物过于修饰之外，其余次要的也就近于下流的各色人等，却都写得不错，有人曾说他写的脏，不知那里正是他的特色，那些人与事本来就是那么脏的，要写也就只有那么的不怕脏。这诚如理查白顿关于《香园》一书所说，这不是小孩子的书。中国有些书的确不是小孩子可以看的，但是有教育的成年人却应当一看，正如关于人生的黑暗面与比较的光明面他都该知道一样。有许多坏小说，在这里也不能说没有用处，不过第一要看的人有成人的心眼，也就是有主宰，知道怎么看。但是我老实说不一定有这里所需要的忍耐力，往往成见的好恶先出来了，明知《野叟曝言》里文素臣是内圣外王思想的代表，书中的思想极正统，极谬妄，极荒淫，很值得一读，可是我从前借得学堂同班的半部石印小字本，终于未曾看完而还了他了。这部江阴夏老先生的大作，我竭诚推荐给研究中国文士思想和心理分析的朋友，是上好的资料，虽则我自己还未通读一过。

以上所说以民国以前为标准，所以《醒世因缘传》与《歧路灯》都没有说及。前者据胡博士考证，定为《聊斋》作者蒲留仙之作，我于五四以后才在北京得到一部，后者为河南人的大部著作，民国十四五年顷始有铅字本，第一册只有原本的四分之一，其余可惜未曾续出。《聊斋志异》与《阅微草堂笔记》系是短篇，与上边所谈的说部不同，虽然也还有什么可谈之处，却只可从略。《茶花女遗事》以下的翻译小说以及杂览的外国小说等，或因零星散佚，或在时期限制以外，也都不赘及。但是末了却还有一部书要提一下，虽然不是小说而是一种弹词。这即是《白蛇传》，通称《义妖传》，还有别的名称。我是看过那部弹词的，但是琐碎的描写都忘记了，所还记得的也只是那老太婆们所知道的水漫金山等等罢了。后来在北平友人家里，看见滦州影戏演这一出戏，又记忆了起来，曾写了一首诗，题曰《白蛇传》，现在转录于此，看似游戏，意思则照例原是很正经的。其诗云：

> 顷与友人语，谈及白蛇传。
> 缅怀白娘娘，同声发嗟叹。
> 许仙凡庸姿，艳福却非浅。
> 蛇女虽异类，素衣何轻倩。
> 相夫教儿子，妇德亦无间。

称之曰义妖,存诚亦善善。

何处来妖僧,打散双飞燕。

禁闭雷峰塔,千年不复旦。

滦州有影戏,此卷特哀艳。

美眷终悲剧,儿女所怀念。

想见合钵时,泪眼不忍看。

女为释所憎,复为儒所贱。

礼教与宗教,交织成偏见。

弱者不敢言,中心怀怨恨。

幼时翻弹词,文句未能念。

绝恶法海像,指爪掐其面。

前后掐者多,面目不可辨。

迩来廿年前,塔倒经自现。

白氏已得出,法海应照办。

请师入钵中,永埋西湖畔。


**选自周作人自编文集《知堂乙酉文编》**

# 关于鲁迅

《阿Q正传》发表以后，我写过一篇小文章，略加以说明，登在那时的《晨报》副刊上。后来《阿Q正传》与《狂人日记》等一并编成一册，即是《呐喊》，出在北大新潮社丛书里，其时傅孟真、罗志希诸人均已出国留学去了，《新潮》交给我编辑，这丛书的编辑也就用了我的名义。出版以后，大被成仿吾所奚落，说这本小说既然是他兄弟编的，一定好的了不得。——原文已不记得，大意总是如此。于是我恍然大悟，原来关于此书的编辑我是应当回避的。这是我所得的第一个教训。于是我就不敢再过问，就是那一篇小文章也不收到文集里去，以免为批评家所援引，多生些小是非。这回鲁迅在上海去世了，宇宙风社写信来，叫我写点关于鲁迅怎么做学问的文章，作为纪念。我想关于这方面，在这时候来说几句话，似乎可以不成问题，而且未必是无意义的事，因为鲁迅的学问与艺术的来源有些都非外人所能知，今本人已没，舍弟那时年幼亦未闻知，我所知道已成为海内孤本，深信值得录存，事虽细微而不虚诞，世之识者当有取焉。这里所说，限于有他个人独到之见，独创之才的少数事业，若其他言行，已有人说过者概置不论，不但仍以避免论争，盖亦本非上述趣意中所摄者也。

鲁迅本名周樟寿，生于清光绪辛巳（一八八一）年八月初三日。祖父介孚公在北京做京官，得家书报告生孙，其时适有姓张的官客来访，因为命名曰张，或以为与灶君同生日，故借灶君之姓为名，盖非也。书名定为樟寿，虽然清道房同派下群从谱名原为寿某，介孚公或忘记或置不理均不可知，乃以寿字属下，又定字曰豫山，后以读音与"雨伞"相近，请于祖父改为豫才。戊戌（一八九八）年春间往南京考学堂，始改名树人，字如故，义亦可相通也。留学东京时，刘申叔为河南同乡办杂志曰《河南》，孙竹丹来为拉稿，豫才为写几篇论文，署名一曰迅行，一曰令飞，至民七在《新青年》上发表《狂人日记》，于迅字上冠鲁姓，遂成今名。写随感录及诗署名唐俟，系俟堂二字的倒置，唐者"功不唐捐"之唐，意云空等候也。《阿Q正传》特署巴人，意盖取诸"下里巴人"，别无深意。

鲁迅在学问艺术上的工作可以分为两部，甲为搜集辑录校勘研究，乙为创作。今略举于下：

甲部

1.《会稽郡故书杂集》。

2. 谢承《后汉书》（未刊）。

3.《古小说钩沉》。

4.《小说旧闻钞》。

5.《唐宋传奇集》。

6.《中国小说史略》。

7.《嵇康集》。

8.《岭表录异》（未刊）。

9. 汉画石刻（未完成）。

乙部

1. 小说：《呐喊》，《彷徨》，《故事新编》。

2. 散文：《朝花夕拾》，《野草》等。

这些工作的成就有大小，但无不有其独得之处，而其起因亦往往很是久远，其治学与创作的态度与别人颇多不同，我以为这是最可注意的事。豫才从小就喜欢书画，——这并不是书家画师的墨宝，乃是普通的一册一册的线装书与画本。最初买不起书，只好借了绣像小说来看。光绪癸巳（一八九三）年祖父因事下狱，一家分散，豫才和我被寄存在大舅父家里，住在皇甫庄，是范啸风的隔壁，后来搬往小皋步，即秦秋伊的娱园的厢房。这大约还是在皇甫庄的时候，豫才从表兄借来一册《荡寇志》的绣像，买了些叫做明公纸的毛太纸来，一张张的影描，订成一大本，随后仿佛记得以一二百文钱的代价卖给书房里的同窗了。回家以后还影写了好些画谱，还记得有一次在堂前廊下影描马镜江的《诗中画》，或是王冶梅的《三十六赏心乐事》，描了一半暂时他往，祖母看了好玩，就去画了几笔，却画坏了，豫才扯去另画，祖母有点怅然。后来压岁钱等略有积蓄，于是开始买书，不再借抄了。顶早买到的大约是两册石印本日本冈元凤所著的《毛诗品物图考》，这书最初也是在皇甫庄见到，非常歆羡，在大街的书店买来一部，偶然有点纸破或墨污，总不能满意，便拿去掉换，至再至三，直到伙计烦厌了，戏弄说，这比姊姊的面孔还白呢，何必掉换，乃愤然出来，不再去买书。这书店大约不是墨润堂，却是邻近的奎照楼吧。这回换来的书好像又有什么毛病，记得还减价以一角小洋卖给同学，再贴补一角去另买了一部。画谱方面那时的石印本大抵陆续都买了，《芥子园画传》四集自不必说，可是却也不曾自己学了画。此外陈溟子的《花镜》，恐怕是买来的第一部非花书（非画谱的书），是用了二百文钱从一个同窗的本家（似是堂兄寿颐）那里得来的。家中原有两箱藏书，却多是经史及举业用的"正经书"，也有些小说，如《聊斋志异》、《夜谈随录》，以至《三国演义》、《绿野仙踪》、《天雨花》、《白蛇传》（似名为《义妖传》）等，其余想看的须得自己来买添了。我记得这里边有《酉阳杂俎》（木版），《容斋随笔》（石印），《辍耕录》（木版），《池北偶谈》（石印），《六朝事迹类编》(木版),《二酉堂丛书》(同),《金石存》(石印),《徐霞客游记》(铅印)等书。新年出城拜岁,来回总要一整天,船中枯坐无聊,只好看书消遣,那时放在"帽盒"中带去的大抵是《游记》或《金石存》,后者原刻石印本,很是精致,前者乃是图书集成局的扁体字的。《唐代丛书》买不起,托人去转借来看过一遍,我很佩服那里一篇于义方的《黑心符》,抄了李德裕的《平泉草木记》,侯宁极的《药谱》,豫才则抄存了陆羽的三卷《茶经》和陆龟蒙的《五木经》。好容易凑了两块钱,买来一部小丛书,共二十四册,现在头本已缺无可查考,但据每册上特请一位族叔题的字,或者名为《艺苑捃华》吧,当时很是珍重,说来也可怜,这原来乃是书贾从《龙威秘书》等书中随意抽取,杂凑而成的一碗"并拢坳羹"(方言谓剩余肴馔并在一起)而已。这些事情都很琐屑,可是影响却很不小,它就"奠定"了他半生学问事业的倾向,在趣味上直到晚年也还留下了好些明了的痕迹。

戊戌春豫才往南京,由水师改入陆师附设的矿路学堂,至辛丑冬毕业派往日本留学,此三四年中专习科学,对于旧籍不甚注意,但所作随笔以及诗文盖亦不少,在我的旧日记中略有录存。如戊戌年所作《戛剑生杂记》四则云:

行人于斜日将堕之时,暝色逼人,四顾满目非故乡之人，细聆满耳皆异乡之语，一念及家乡万里，老亲弱弟必时时相语，谓今当至某处矣，此时真觉柔肠欲断，涕不可仰。故予有句云，日暮客愁集，烟深人语喧，皆所身历，非托诸空言也。

生鲈鱼与新粳米炊熟，鱼须斫小方块，去骨，加秋油，谓之鲈鱼饭。味甚鲜美，名极雅饬，可入林洪《山家清供》。

夷人呼茶为梯，闽语也。闽人始贩茶至夷，故夷人效其语也。

试烧酒法，以缸一只猛注酒于中，视其上面浮花，顷刻迸散净尽者为活酒，味佳，花浮水面不动者为死酒，味减。

又《莳花杂志》二则云：

晚香玉本名土秘螺斯，出塞外，叶阔似吉祥草，花生穗间，每穗四五球，每球四五朵，色白，至夜尤香，形如喇叭，长寸余，瓣五六七不等，都中最盛。昔圣祖仁皇帝因其名俗，改赐今名。

里低母斯，苔类也，取其汁为水，可染蓝色纸，遇酸水则变为红，遇卤水又复为蓝。其色变换不定，西人每以之试验化学。

诗则有庚子年作《莲蓬人》七律,《庚子送灶即事》五绝,各一首,又庚子除夕所作祭书神文一首,今不具录。辛丑东游后曾寄数诗,均分别录入旧日记中,大约可有十首,此刻也不及查阅了(按上文所说诗文,现已均收入《鲁迅全集补遗》中了)。

在东京的这几年是鲁迅翻译及写作小说的修养时期,详细须得另说,这里为免得文章线索凌乱,姑且从略。鲁迅于庚戌(一九一〇)年归国,在杭州两级师范、绍兴府学堂及师范学校教课或办事,民元以后任教育部佥事,至十四年(一九二五)去职,这是他的工作中心时期,其间又可分为两个段落,以《新青年》为界。上期重在辑录研究,下期重在创作,可是精神还是一贯,用旧话来说可云"不求闻达"。鲁迅向来勤苦做事,为他人所不能及,在南京学堂的时候,手抄汉译赖耶尔的《地学浅说》(即是《地质学大纲》)两大册,图解精密,其他教本称是,但是因为对于那些我不感到兴趣,所以都忘记是什么书了。归国后他就又开始抄书,在这几年中不知共有若干种,只是记得的就有《穆天子传》、《南方草木状》、《岭表录异》、《北户录》、《桂海虞衡志》,程瑶田的《释虫小记》,郝懿行的《燕子春秋》、《蜂衙小记》与《记海错》,还有从《说郛》抄出的多种。其次是辑书。清代辑录古逸书的很不少,鲁迅所最受影响的还是张介侯的《二酉堂丛书》吧。如《凉州记》，段颎阴铿的集，都是乡邦文献的辑集。（老实说，我很喜欢张君所刊书，不但是因为辑古逸书收存乡邦文献，刻书字体也很可喜，近求得其所刻《蜀典》，书并不珍贵，却是我所深爱。）他一面翻查古书抄唐以前小说逸文，一面又抄唐以前的越中史地书。这方面的成绩第一是一部《会稽郡故书杂集》，其中有谢承《会稽先贤传》，虞预《会稽典录》，钟离岫《会稽后贤传记》，贺氏《会稽先贤像赞》，朱育《会稽土地记》，贺循《会稽记》，孔灵符《会稽记》，夏侯曾先《会稽地志》，凡八种，各有小引，卷首有叙，题曰太岁在阏逢摄提格（一九一四年甲寅）九月既望记，乙卯二月刊成，木刻一册。叙中有云：

　　幼时尝见武威张澍所辑书，于凉土文献撰集甚众，笃恭乡里，尚此之谓，而会稽故籍零落，至今未闻后贤为之纲纪，乃创就所见书传刺取遗篇，累为一帙。

又云：

　　书中贤俊之名，言行之迹，风土之美，多有方志所遗，舍此更不可见，用遗邦人，庶几供其景行，不忘于故。

这里辑书的缘起与意思都说得很清楚,但是另外有一点值得注意的,叙文署名"会稽周作人记",向来算是我的撰述,这是什么缘故呢?查书的时候我也曾帮过一点忙,不过这原是豫才的发意,其一切编排考订,写小引叙文,都是他所做的,起草以至誊清大约有三四遍,也全是自己抄写,到了付刊时却不愿出名,说写你的名字吧,这样便照办了,一直拖了二十余年。现在觉得应该说明了,因为这一件小事我以为很有点意义。这就是证明他做事全不为名誉,只是由于自己的爱好。这是求学问弄艺术的最高的态度,认得鲁迅的人平常所不大能够知道的。其所辑录的古小说逸文也已完成,定名为《古小说钩沉》,当初也想用我的名字刊行,可是没有刻版的资财,托书店出版也不成功,所以还是搁着。此外又有一部谢承《后汉书》,因为谢伟平是山阴人的缘故,特为辑集,可惜分量太多,未能与《故书杂集》同时刊版,这从笃恭乡里的见地说来,也是一件遗憾的事。豫才因为古小说逸文的搜集,后来能够有《小说史略》的著作,说起缘由来很有意思。豫才对于古小说虽然已有十几年的用力(其动机当然还在小时候所读的书里),但因为不求名声,不喜夸示,平常很少有人知道。那时我在北京大学中国文学系里当"票友",马幼渔君正做主任,有一年叫我讲两小时的小说史,我冒失的答应了回来,同豫才说起，或者由他去教更为适宜，他说去试试也好，于是我去找马君换了什么别的功课，请豫才教小说史，后来把讲义印了出来，即是那一部书。其后研究小说史的渐多，各有收获，有后来居上之概，但那些成绩似只在后半部，即明以来的章回小说部分，若是唐宋以前古逸小说的稽考恐怕还没有更详尽的著作，这与《古小说钩沉》的工作正是极有关系的。对于画的爱好使他后来喜欢外国的版画，编选北京的诗笺，为世人所称，但是他半生精力所聚的汉石刻画像终于未能编印出来，或者也还没有编好吧。

末了我们略谈鲁迅创作方面的情形。他写小说其实并不始于《狂人日记》，辛亥（一九一一）年冬天在家里的时候，曾经用古文写过一篇，以东邻的富翁为模型，写革命前夜的情形，性质不明的革命军将要进城，富翁与清客闲汉商议迎降，颇富于讽刺的色彩。这篇文章未有题名，过了两三年由我加了一个题目与署名，寄给《小说月报》，那时还是小册，系恽铁樵编辑，承其复信大加赏识，登在卷首，可是这年月与题名都完全忘记了，要查民初的几册旧日记才可知道。

〔附记〕后来有人查出，这小说登在《小说月报》上，题曰《怀旧》，署名"周逴"，末尾有编者"焦木附志"的话，"实处可致力，空处不能致力，然初步不误，灵机人所固有，非难事也。曾见青年才解握管，便讲词章，卒致满纸饾饤，无有是处，亟宜以此等文字药之"。

第二次写小说是众所共知的《新青年》时代，所用笔名是"鲁迅"，在《晨报》副刊上为孙伏园每星期日写《阿Q正传》，则又署名"巴人"，所作随感录大抵署名"唐俟"，我也有几篇是用这个署名的，都登在《新青年》上，后来这些随感编入《热风》，我的几篇也收入在内，特别是三十七八，四十二三皆是。整本的书籍署名彼此都不在乎，难道二三小文章上头要来争名么？这当然不是的了。——当时世间颇疑"巴人"是蒲伯英，教育部中有时议论纷纭，毁誉不一，鲁迅就在旁边，茫然相对，是很有滑稽意味的事。他为什么这样做的呢？并不如别人所说，因为言论激烈所以匿名，实在只如上文所说不求闻达，但求自由的想或写，不要学者文人的名，自然更不为利，《新青年》是无报酬的，《晨报》副刊多不过千字五角钱罢了。以这种态度治学问或做创作，这才能够有独到之见，独创之才，有自己的成就，不问工作大小都有价值，与制艺异也。

鲁迅写小说散文又有一特点，为别人所不能及者，即对于中国民族的深刻的观察。豫才从小喜欢"杂览"，读野史最多，受影响亦最大，——譬如读过《曲洧旧闻》里的《因子巷》一则，谁会得再忘记，会不与《一个小人物的忏悔》上所记的事情同样的留下很深的印象呢？在书本里得来的知识上面,又加上亲自从社会里得来的经验,结果便看见一个充满苦痛与黑暗的人生,让它通过艺术发现出来,就是那些作品。从这一点说来,《阿Q正传》正是他的代表作,但其被人家所骂也正是应该的。这是寄悲愤于滑稽,在从前那篇小文里我曾说用的是显克微支的手法,著者本人当时看了我的草稿也加以承认的。正如《炭画》一般,里边没有一点光与空气,到处是愚与恶,而这愚与恶又复厉害到可笑的程度。集中有些牧歌式的小话都非佳作,《药》里稍微露出一点的情热,这是对于死者的,而死者又已是做了"药"了,此外就再也没有东西可以寄托希望与感情。不被礼教吃了肉去,就难免被做成"药渣",这是鲁迅对于世间的恐怖,在作品上常表现出来,事实上也是如此。讲到这里我的话似乎可以停止了,因为我只想略讲鲁迅的学问艺术上的工作的始基,这有些事情是人家所不能知道的,至于其他问题能谈的人很多,还不如等他们来谈吧。

(廿五年十月廿四日,北平)

选自周作人自编文集《鲁迅的青年时代》

第二辑

## 《黄蔷薇》

《黄蔷薇》（原文 A Sárga Rózsa，英译 The Yellow Roes），匈牙利育珂摩耳（Jókai Mór）著，我的文言译小说的最后一种，于去年冬天在上海出版了。这是一九一〇年所译，一九二〇年托蔡孑民先生介绍卖给商务印书馆，在八月的日记上有这几项记事：

九日，校阅旧译《黄蔷薇》。

十日，上午往大学，寄蔡先生函，又稿一本。

十六日，晚得蔡先生函附译稿。

十七日，上午寄商务译稿一册。

十月一日，商务分馆送来《黄蔷薇》稿值六十元。

育珂摩耳——欧洲普通称他作 Dr. Maurus Jókai，因为他们看不惯匈牙利人的先姓后名，但在我们似乎还是照他本来的叫法为是，——十九世纪的传奇小说大家，著书有二百余部，由我转译成中文的此外有一部《匈奴奇士录》，原名《神是一位》（Egy az Isten），英译改为 Mids the wild Carpathians，——《黄蔷薇》的英译者为丹福特女士（Beatrice Danford），这书的英译者是倍因先生（R. Nisbet Bain）。《匈奴奇士录》上有我的戊申五月的序，大约在一九〇九年出版，是《说部丛书》里的一册。

这些旧译实在已经不值重提，现在所令我不能忘记者却是那位倍因先生，我的对于弱小奇怪的民族文学的兴味，差不多全是因了他的译书而唤起的。我不知道他是什么人，但见坎勃列治大学出版的近代史中有一册北欧是倍因所著的，可见他是这方面的一个学者，在不列颠博物馆办事，据他的《哥萨克童话集》自序仿佛是个言语学者。这些事都没有什么关系，重要的乃是他的译书。他懂得的语言真多！北欧的三国不必说了，我有一本他所译的《安徒生童话》，他又著有《安徒生传》一巨册，据戈斯（Edmund Gosse）说是英文里唯一可凭的评传，可惜十六年前我去购求时已经绝版，得不到了。俄国的东西他有《托尔斯泰集》两册，《高尔基集》一册，《俄国童话》一册是译伯烈伟（Polevoi）的，《哥萨克童话》一册系选译古理须（Kulish）等三种辑本而成，还有一册《土耳其童话》，则转译古诺思博士（Ignacz Kunos）的匈牙利语译本，又从伊思比勒斯古（Ispirescu）辑本选译罗马尼亚童话六篇，附在后面。芬兰哀禾（Juhani Aho）的小说有四篇经他译出，收在 T. Fisher

Unwin 书店的《假名丛书》中，名曰《海耳曼老爷及其他》，卷头有一篇论文叙述芬兰小说发达概略，这很使我向往于乞丐诗人沛维林多（Päivärinta），可是英译本至今未见，虽然在德国的 Reclam 丛刊中早就有他小说的全译了。此外倍因翻译最多的书便是育珂摩耳的小说，——倍因在论哀禾的时候很不满意于自然主义的文学，其爱好"匈牙利的司各得"之小说正是当然的，虽然这种反左拉热多是出于绅士的偏见，于文学批评上未免不适宜，但给我们介绍许多异书，引起我们的好奇心，这个功劳却也很大。在我个人，这是由于倍因，使我知道文艺上有匈牙利，正如由于勃兰特思（Brandes）而知道有波兰。倍因所译育珂的小说都由伦敦书店 Jarrold and Sons 出版，这家书店似乎很热心于刊行这种异书，而且装订十分讲究，我有倍因译的《育珂短篇集》，又长篇《白蔷薇》（原文 A Feher Rozsa，英译改称 Halil the Pedlar），及波兰洛什微支女士（Marya Rodziewicz）的小说各一册，都是六先令本，但极为精美，在小说类中殊为少见。匈牙利密克扎特（Kálmán Mikzsath）小说《圣彼得的雨伞》译本，有倍因的序，波思尼亚穆拉淑微支女士（Milena Nrazovic）小说集《问讯》，亦是这书店的出版，此外又刊有奥匈人赖希博士（Emil Reich）的《匈牙利文学史论》，这在戈斯所编《万国文学史丛书》中理特耳（F. Riedl）教授之译本未出以前，恐怕要算讲匈牙利文学的英文书中唯一善本了。好几年前听说这位倍因先生已经死了，Jarrold and Sons 的书店不知道还开着没有，——即使开着，恐怕也不再出那样奇怪而精美可喜的书了罢？但是我总不能忘记他们。倘若教我识字的是我的先生，教我知道读书的也应该是，无论见不见过面，那么R. Nisbet Bain 就不得不算一位，因为他教我爱好弱小民族的不见经传的作品，使我在文艺里找出一点滋味来，得到一块安息的地方，——倘若不如此，此刻我或者是在什么地方做军法官之流也说不定罢？

选自《周作人文类编·8·希腊之余光》

# 论 鬼 脸[①]

我们知道地母是一个和善慈惠的人,百物之施与者,一切野生之主妇与保护者,但她又有别一个很不相同的方面,她不但是使百事产生,在生物死亡的时候她又接收他们到她的怀里去。吉该罗(Ctcero)在《神性论》(De Natura Deorum)中说,"万物归于地而出自地",又曰,"我辈皆尘土,复返于尘土。"爱斯许洛斯(Aeschylus)在《奠者》(Choephori)中说道:

噫,招大地来,她使万物生,
养育他们,又收他们回她的胎里。

雅典人用了本地叫地母的名字称死者曰台美退耳之民,在死人祭(Nekusia)的时候他们用牲祭地。在原人看来鬼是一种可怕的东西,所以死人的守护者地母也是可怕,她

---

[①] 英国哈利孙女士原作。

就成了戈耳共（Gorgon）了。大英博物馆里有一张洛台斯地方的古磁盘，上画地母，肢体悉如人，两手各执一鸟，唯有翼，其首乃一鬼脸（Gorgoneion），即戈耳共面是也。

像戈耳共这样的东西世间当然不曾有过。那么戈耳共面是什么呢？这只是仪式上的一个面具，一副恶脸，竭力做得丑恶，去恐吓人与妖魔的。戈耳共面普通都拖舌，瞪眼，露出獠牙。这是恐怖之具体的影像。这种仪式的面具野蛮人还是用着，以恐吓一切恶物，有形或无形的仇敌。戈耳共的头最初见于希腊文学是在荷马（Homer）诗中。阿迭修斯在冥中想同英雄的鬼魂交谈，但是——

> 未及谈话，千万的鬼魂周围聚集，
> 鬼声嘈杂，惨绿的恐怖据了我的心，
> 怕那可畏的冥后恨我，
> 从阴间放出一个怪物的凶恶的头来。

在这里戈耳共的头显然是死人的守护者。我们觉得倘若放出戈耳共那个"凶恶的怪物"来一定更有效力，但是并无怪物可放，只有一个凶恶的头。在古代艺术上这个可怕的头是主要部分，身子不过是附属品，很拙劣地把它添在下面。戈耳共这怪物直接从那鬼脸变出来，并不是鬼脸从戈耳共变出。原来的仪式的面具又复活在雅典那的胸甲上。

但是希腊人的丰富的空想不肯把一切好好歹歹的事情付诸不问。新的仪式给了他们一个面具,或是戈耳共的头;倘若既有了戈耳共的头,那么一定有一个戈耳共在那里,或者更好一点,照例神物某易成为三数,于是如爱斯许洛斯在《被缚的普洛默丢斯》中所说:

那姊妹三个,有翼的戈耳共们,
长蛇为头发,为生人所憎恶,
无人能见,能当她们的毒气。

戈耳共用了眼光杀人,它看杀人,这实在是一种具体的恶眼(Evil-Eye)。那分离的头便自然地帮助了神话的作者。分离的头,那仪式的面具是一件事实。那么这没有身子的可怕的头是哪里来的呢?这一定是从什么怪物的身上切下来的,于是又必须有一个杀怪物的人,贝尔修斯(Perseus)便正好补这个缺。所可注意的是希腊人不能在他们的神话中容忍戈耳共的那丑恶。他们把它变成一个可爱的含愁的女人的面貌。照样,他们也不能容忍那地母的戈耳共形象。这是希腊的美术家与诗人的职务,来澌除宗教中的恐怖分子。这是我们对于希腊的神话作者的最大的负债。

〔附记〕上文系英国哈利孙女士（J. E. Harrison）著《希腊神话》中之一节，原书在一九二四年出版，为《我们对于希腊罗马的负债》（Our Debt to Greece and Rome）丛书的第二十六编。哈利孙女士生于一八五〇年，是有名的希腊学者，著有《希腊宗教研究序论》、《古代艺术与仪式》等书多种。这本希腊神话虽只是一册百五十页的小书，却说的很得要领，因为它不讲故事，只解说诸神的起源及其变迁，是神话学而非神话集的性质，于了解神话上极有用处。第三章《论山母》，内含戈耳共及蔼理女斯（Erinys）两节，与《宗教研究序论》第五章"妖怪论"所说略同，今所译即其第一节，妄易今名，期稍醒目。

戈耳共在希腊神话中是著名的故事之一，因了庚斯莱（Kingsley）、霍爽（Hawthorne）等的文章流传甚广。普通传说云姊妹三人都是神女，唯季女仍系凡人，因触神怒，发化为蛇，面目凶恶，见者化为石，后为英雄贝尔修斯所杀，其首作为雅典那胸甲的装饰。据近代学术的考据乃知最初只有鬼脸，做种种恶相，用以辟邪，如中国古代明器中之其页，现代通用的老虎头或泰山石敢当之类，后人为补装身体，遂成为整个的怪物。洛台斯的盘画最能表示出这个变化，见《宗教研究序论》第一九三页。戈耳共原语作 Gor-gon，与 Gorgoneion 同出一源，意云凶猛或凶恶，等是恐怖之具体化，此说似最可信。旧派学者于天文气象中求解释，不免失之过深，因求甚解而反不达了。

中国学者以神话为迷信，仿佛是科学之大敌，外国学者则以神话为人民对于环境之反应，认为有史前的历史，"若考古学证实了它的时候即可大胆地信托它"。我并不说一定外国胜于中国，但终不能不感到人之度量相去何其远哉。

（十四年七月二十三日苦雨时）

选自《周作人文类编·8·希腊之余光》

# 《希腊神话》引言

《希腊神话》，亚坡罗陀洛斯原著，今从原文译出，凡十万余言，分为十九章。著者生平行事无可考，学者从文体考察，认定是西历一世纪时的作品，在中国是东汉之初，可以说正是扬子云、班孟坚的时代。瑞德的《希腊晚世文学史》卷二关于此书有一节说明云：

在一八八五年以前，我们所有的只是这七卷书中之三卷，但在那一年有人从罗马的梵谛冈图书馆里得到全书的一种节本，便将这个暂去补足了那缺陷。卷一的首六章是诸神世系，以后分了家系叙述下去，如斗加利恩，伊那科斯，亚该诺耳及其两派，贝拉思戈斯，亚忒拉斯，亚索坡斯。在卷二第十四章中我们遇到雅典诸王，德修斯在内，随后到贝罗普斯一系。我们见到忒洛亚战争前的各事件，战争与其结局，希腊各主帅的回家，末后是阿狄修斯的漂流。这些都简易但也颇详细的写出，如有人想得点希腊神话的知识，很可以劝他不必去管那些现代的著述,最好还是一读亚坡罗陀洛斯。

这里给原书做广告已经很够了,颇有力量,可是也还公平实在,所以我可以不再多说话了。其实我原来也是受了这批评的影响,这才决定抛开现代的各参考书而采用这册原典的。这神话集的好处,叙述平易而颇详明,固然是其一。是希腊人自编,在现存书类中年代又算是较早的,这一点也颇重要,是其二。

关于希腊神话,以前曾写过几篇小文,说及那里边的最大特色是其美化。希腊民族的宗教其本质与埃及、印度本无大异,但是他们不是受祭司支配而是受诗人支配的,结果便由诗人、悲剧作者、画师、雕刻家的力量,把宗教中的恐怖分子逐渐洗除,使他转变为美的影像,再回向民间,遂成为世间唯一的美的神话。罗马诗人后来也都借用,于是神人的故事愈益繁化,至近代流入西欧,反有喧宾夺主之势,就是名称也多通用拉丁文写法,英法各国又各以方音读之,更是见得混乱了。我们要看希腊神话,必须根据希腊人自己所编的,罗马人无论做得如何美妙,当然不能算在内,亚坡罗陀洛斯虽已生在罗马时代,但究竟是希腊人,我们以他的编著为根据,我觉得这是最可信赖的地方。

我发心翻译这书还在民国廿三年,可是总感觉这事体重难，不敢轻易动笔。廿六年夏卢沟桥变起，闲居无事，始着手移译，至廿七年末，除本文外，又译出弗来若博士《希腊神话比较研究》，哈利孙女士《希腊神话论》，各五万余言，做本文注释，成一二两章，共约三万言。廿八年以来中途停顿，倏已六载，时一念及，深感惶悚。注释总字数恐比本文更多，至少会有二十万字吧，这须得自己来决定应否或如何注释，不比译文可以委托别人，所以这完全是我个人的责任，非自己努力完成不可的。为得做注释时参考的必要，曾经买过几本西书，我在小文中说及其中的一种云：

> 这最值得记忆的是汤普生教授的《希腊鸟类名汇》，一九三六年重订本，价十二先令半。此书系一八九五年初版，一直没有重印，而平常讲到古典文学中的鸟兽总是非参考它不可，在四十多年之后，又是远隔重洋，想要搜求这本偏僻的书，深怕有点近于妄念吧。姑且托东京的丸善书店去一调查，居然在四十年后初次出了增订版，这真是想不到的运气，这本书现在站在我的书橱里，虽然与别的新书排在一起，实在要算是我西书中珍本之一了。

我到书橱前去，每看见这本书，心里总感到一种不安，仿佛对于这书很有点对不起，一部分也是对于自己的惭愧与抱歉。

我以前所写的许多东西向来都无一点珍惜之意，但是假如要我自己指出一件物事来，觉得这还值得做，可以充作自己的胜业的，那么我只能说就是这神话翻译注释的工作。本文算是译成了，还有余剩的十七章的注释非做不可，虽然中断了有五年半，却是时常想到，今年炎夏拿出关于古希腊的书本来消遣，更是深切的感觉责任所在，想来设法做完这件工事。现在先将原文第一章分段抄出，各附注释，发表一下，一面抄录过后，注释有无及其前后均已温习清楚，就可继续做下去，此原是一举两得，但是我的主要目的还在于后者，前者不过是手段而已。我的愿望是在一年之内把注释做完，《鸟类名汇》等书恭而敬之的奉送给图书馆，虽然那时就是高搁在书架上，看了也并无不安了，但总之还是送它到应该去的地方为是。

不佞少时喜弄笔墨，不意地坠入文人道中，有如堕民，虽欲歇业，无由解免，念之痛心，历有年所矣。或者翻译家可与文坛稍远，如真不能免为白丁，则愿折笔改业为译人，亦彼善于此。完成神话的译注为自己的义务工作，自当尽先做去，此外东西贤哲嘉言懿行不可计量，随缘抄述，一章半偈，亦是法施，即或不然，循诵随喜，获益不浅，尽可满足，他复何所求哉。

（民国三十三年八月二十日记）

选自《周作人文类编·8·希腊之余光》

## 《习俗与神话》

一九〇七年即清光绪丁未在日本,始翻译英国哈葛德、安度阑二人合著小说,原名《世界欲》(The World's Desire),改题曰《红星佚史》,在上海出版。那时哈葛德的神怪冒险各小说经侯官林氏译出,风行一世,我的选择也就逃不出这个范围,但是特别选取这册《世界欲》的原因却又别有所在,这就是那合著者安度阑其人。安度阑即安特路朗(Andrew Lang,1844—1912),是人类学派的神话学家的祖师。他的著作很多,那时我所有的是《银文库》本的一册《习俗与神话》(Custom and Myth)和两册《神话仪式与宗教》(Myth Ritual and Religion),还有一小册得阿克利多斯《牧歌》译本。《世界欲》是一部半埃及半希腊的神怪小说,神怪固然是哈葛德的拿手好戏,其神话及古典文学一方面有了朗氏做顾问,当然很可凭信,因此便决定了我的选择了。"哈氏丛书"以后我渐渐地疏远了,朗氏的著作却还是放在座右,虽然并不是全属于神话的。

十九世纪中间缪勒博士(Max Müller)以言语之病解释

神话,一时言语学派的势力甚大,但是里边不无谬误,后经人类学派的指摘随即坍台,人类学派代之而兴,而当初在英国发难者即是朗氏。据路易斯宾思(Lewis Spence)的《神话概论》引朗氏自己的话说,读了缪勒的书发生好些疑惑,"重要的理由是,缪勒用了亚利安族的言语,大抵是希腊、拉丁、斯拉夫与梵文的语源说,来解释希腊神话,可是我却在红印第安人、卡非耳人、爱思吉摩人、萨摩耶特人、卡米拉罗人、玛阿里和卡洛克人中间,都找到与希腊的非常近似的神话。现在假如亚利安神话起源由于亚利安族言语之病,那么这是很奇怪的,为甚在非亚利安族言语通行的地方会有这些如此相像的神话呢?难道是有一种言语上的疹子,同样地传染了一切言语,自梵文以至却克多语,到处在宗教与神话上留下同样的难看的疤痕的么?"在语言系统不同的民族里都有类似的神话传说,说这神话的起源都由于言语的传讹,这在事实上是不会有的。不过如言语学派的方法既不能解释神话里的那荒唐不合理的事件,那么怎样才能把它解释过来呢?朗氏在《习俗与神话》的第一篇《论民俗学的方法》中云:

对于这些奇异的风俗,民俗学的方法是怎样的呢?这方法是,如在一国见有显是荒唐怪异的习俗,要去找到别一国,在那里也有类似的习俗,但是在那里不特并不荒唐怪异，却与那人民的礼仪思想相合。希腊人在密宗仪式里两手拿了不毒的蛇跳舞，看去完全不可解。但红印第安人做同样的事，用了真的响尾蛇试验勇气，我们懂得红人的动机，而且可以猜想在希腊人的祖先或者也有相类的动机存在。所以我们的方法是以开化民族的似乎无意义的习俗或礼仪去与未开化民族中间所有类似的而仍留存着原来意义的习俗或礼仪相比较。这种比较上那未开化的与开化的民族并不限于同系统的，也不必要证明他们曾经有过接触。类似的心理状态发生类似的行为，在种族的同一或思想礼仪的借用以外。

《神话仪式与宗教》第一章中云："我们主要的事是在寻找历史上的表示人智某一种状态的事实，神话中我们视为荒唐的分子在那时看来很是合理。假如我们能够证明如此心理状态在人间确是广泛的存在，而且曾经存在，那么这种心理状态可以暂被认为那些神话的源泉，凡是现代的心地明白的人所觉得难懂的神话便都从此而出。又如能证明这心理状态为一切文明种族所曾经过，则此神话创作的心理状态之普遍存在一事将可以说明此类故事的普遍分布的一部分理由。"关于分布说诸家尚有意见，似乎朗氏所说有太泛处，唯神话创作的心理状态作为许多难懂的荒唐故事解释的枢机大致妥当，至今学者多承其说，所见英人讲童话的书亦均如此。同书第三章论野蛮人的心理状态，列举其特色有五，即一万物同等，均有生命与知识，二信法术，三信鬼魂，四好奇，五轻信，并说明如下：

> 我们第一见到的是那一种渺茫混杂的心境，觉得一切东西，凡有生或无生，凡人、兽，植物或无机物，似乎都有同样的生命情感以及理知。至少在所谓神话创作时期，野蛮人对于自己和世间万物的中间并不划出强固的界线。他老实承认自己与一切动物植物及天体有亲属关系，就是石头岩石也有性别与生殖力，日月星辰与风均有人类的感情和言语，不仅鸟兽鱼类为然。

> 其次可注意的是他们的相信法术与符咒。这世界与其中万物仿佛都是有感觉有知识的，所以听从部落中某一种人的命令，如酋长、术士、巫师，或随你说是谁。在他们命令之下，岩石分开，河水干涸，禽兽给他们当奴仆，和他们谈话。术士能致病或医病，还能命令天气，随意下雨或打雷。希腊人所说驱云的宙斯或亚坡罗的形容词殆无不可以加于部落术士之上。因为世间万物与人性质相通之故，正如宙斯或因陀罗一样术士能够随意变化任何兽形，或将他的邻人或仇

人变成兽身。

野蛮人信仰之别一特相与上述甚有关系。野蛮人非常相信死人鬼魂之长久的存在。这些鬼魂保存许多他们的旧性，但是他们在死后常比生存在世时性情更为凶恶。他们常听术士的号召，用他们的忠告和法力去帮助他。又如上文所说因为人与兽的密切的关系，死人的鬼魂时常转居于动物身内，或转变为某种生物，各部落自认为与有亲属的或友谊的关系者是也。如普通神话信仰的矛盾的常态，有时讲起鬼魂似住在另一鬼世界里，有时是花的乐园，有时又是幽暗的地方，生人偶然可到，但假如尝了鬼的食物那便再不能逃出来了。

与精灵相关的另有一种野蛮哲理流行甚广。一切东西相信都有鬼魂，无论是有生或无生物，又凡一个人的精神或气力常被视为另一物件，可以寄托在别的东西里，或存在自身的某一地方。人的气力或精神可以住在肾脏脂肪内，在心脏内，在一缕头发内，而且又还可以收藏在别的器具内。时常有人能够使他的灵魂离开身体，放出去游行给他去办事，有时化作一鸟或别的兽形。

好些别的信仰尚可列举，例如普通对于友谊的或保护的兽之信仰，又相信我们所谓自然的死大抵都是非自然的,凡死大抵都是敌对的鬼神或术士之所为。从这意见里便发生那种神话,说人类本来是不会死的,因为一种错误或是过失,死遂被引入人间来了。

野蛮人心理状态还有一特相应当说明。与文明人相像,野蛮人是好奇的。科学精神的最初的微弱激动已经在他脑里发作,他对于他所见的世界急于想找到一种解说。但是,他的好奇心有时并不强于他的轻信。他的智力急于发问,正与儿童的脾气相同,可是他的智力又颇懒惰,碰到一个问答便即满足了。他从旧传里得到问题的答案,或者有一新问题起来的时候,他自己造一个故事来作回答。正如梭格拉底在柏拉图问答篇内理论讲不通时便想起或造出一篇神话来,野蛮人对于他自己所想到的各问题也都有一篇故事当作答案。这些故事所以可以说是科学的,因为想去解决许多宇宙之谜。这又可以说是宗教的,因为这里大抵有一超自然的力,有如戏台上的神道,出来解决问题的纠结。这种故事所以是野蛮人的科学,一方面又是宗教的传说。

朗氏解释神话的根据和方法大概如是,虽然后来各家有更精密或稍殊异的说法,因为最早读朗氏之说,印象最深,故述其略,其他便不多说了。朗氏主要的地位在于人类学及考古学,但一方面也是文人。华扣(Hugh Walker)在所著《英国论文及论文家》第十二章中有一节说得很好,今全抄于后:

> 安特路朗是这样一个人,他似乎是具备着做一个大论文家所需要的一切才力的。他的知识愈广,论文家也就愈有话说,而朗氏在知识广博上是少有人能够超越过他的了。他是古典学者,他关于历史及文学很是博览,他擅长人类学,他能研究讨论鬼与巫术。他又是猎人,熟悉野外的生活不亚于书房里的生活。在他多方面的智力活动的范围内,超越他过的或者有几个人,却也只有几个人。两三个人读书或更广博,两三个人或者更深的钻到苏格兰历史的小径里去。但是那些有时候纠正他的专门家却多不大能够利用他们优长的知识。而且即使他们的知识在某一点占了优势,但在全体上大抵总很显得不及。朗氏有他们所最缺乏的一件本事,即是流利优雅的文体。他显示出这优胜来无过于最近所著的一本书即《英国文学史》。要把这国文学的故事紧缩起来收在一册不大的书里,而且又写得这样好,每页都漂亮可读,这实在是大胜利。这册书又表明朗氏有幽默的天才,在论文家这是非常重要的。这里到处都可看出,他并不反对,还简直有点

喜欢，发表他个人的秘密。读他的书的人不久便即明了，他是爱司各得的，还爱司各得的国，这也就是他的故国，他又对于鬼怪出现的事是很有兴趣的。总而言之，朗氏似乎满具了论文家应有的才能了。但是我们却得承认，当作一个论文家来说他是有点缺恨的。题材虽然很多变化，风格很是愉快，可是其间总缺少一点什么东西，不能完全成功。无论我们拿起那一本书来，或《小论文》，或《垂钓漫录》，或《失了的领袖》，或《与故文人书》，读后留下的印象是很愉快的，但是并不深。这些不是永久生存的文学，在各该方面差不多都有超过他的，虽然作者的才能或反不及朗氏。这一部分的理由的确是因为他做的事情太多。他的心老是忙着别的事情，论文只是他的副产物。这些多是刊物性的，不大是文学性的。恐怕就是兰姆的文章也会得如此，假如他一生继续的在那里弄别的大工作。

英国批评家戈斯（Edmund Gosse）在论文集《影画》（Silhouettes）中论朗氏的诗的一篇文章上也说："他有百十种兴趣，这都轮流的来感发他的诗兴，却并没有一种永久占据他的心思，把别种排除掉，它们各个乃是不断的重复出现。"这所说的与上文意思大旨相同，可知华扣的褒贬是颇中肯的。当作纯粹文人论，他的不精一的缺点诚然是有，不过在我个人的私见上这在一方面也未始不是好处。因为那有多方面的知识的文章别有一种风趣,也非纯粹文人所能作;还有所谓钻到学术的小径里去的笔录,离开纯文艺自然更远一步了,我却也觉得很是喜欢的。朗氏著作中有一卷《历史上的怪事件》(Historical Mysteries),一共十六篇,我从前很喜欢看以至于今,这是一种偏好罢,不见有人赞同。对于日本森鸥外的著作我也如此,他的《山房札记》以及好些医家传也是我所常常翻看的,大约比翻看他的小说的时候还要多一点也未可知。

朗氏的文学成绩我一点都不能介绍,但在《世界欲》的书里共有诗长短约二十首,不知怎么我就认定是他的手笔,虽然并无从证明哈葛德必不能作,现在仍旧依照从前幼稚的推测,抄录一二首于下,以见一斑。这一首在第二编第五章《厉祠》里,是女神所唱的情歌,翻译用的是古文,因为这是二十六七年前的事了。

> 婉婉问欢兮,问欢情之向谁,
> 相思相失兮,惟夫君其有之。
> 载辞旧欢兮,梦痕澌其都尽,
> 载离长眠兮,为夫君而终醒。
> 噩梦袭斯匡床兮,深宵见兹大魅,
> 矍汝欢以新生兮,兼幽情与古爱。

胡罿梦大魅为兮，惟圣且神，

　　相思相失兮，忍予死以待君。

又一首见第三篇第七章《阿迭修斯最后之战》中，勒尸多列庚（Laestrygon）蛮族挥巨斧作战歌，此名见于《荷马史诗》，学者谓即古代北欧人，故歌中云冬无昼云云也。

　　勒尸多列庚，是我种族名。
　　吾侪生乡无庐舍，冬来无昼夏无夜。
　　海边森森有松树，松枝下，好居住。
　　有时趁风波，还去逐天鹅。
　　我父希尼号狼人，狼即是我名。
　　我拏舟，向南泊，满船载琥珀。
　　行船到处见生客，赢得浪花当财帛。
　　黄金多，战声好，更有女郎就吾抱。
　　我语汝，汝莫嗔，会当杀汝堕城人。

　　　　　　　　（二十二年十二月十一日于北平）


选自《周作人文类编·6·花煞》

## 《金枝上的叶子》

《金枝上的叶子》是弗来则夫人（Lilly Frazer）所编的一本小书。提起金枝，大家总会想到弗来则博士的大著，而且这所说的也正是那《金枝》。这部比较宗教的大著在一八九〇年出版，当初只有两本，二十年后增广至八卷十二册，其影响之大确如《泰晤士报》所说，当超过十九世纪的任何书，只有达尔文、斯宾塞二人可以除外。英国哈同教授在所著《人类学史》上说：

> 对于明悉吾国现在比较宗教研究的情形的人，可无须再去指出曼哈耳德、泰勒与洛伯生斯密司等人对于后来学者之影响，或再提示弗来则教授之博学与雄文，其不朽大著，《金枝》今已成为古典，或哈忒阑氏之《贝耳修斯的故事》研究了。

斯宾司的《神话学概论》里也是这样说，虽然有人批评他继承曼哈耳德的统系，到处看出植物神来，或者说他太把宗教分层化了，但其无妨为伟大之作乃是无疑的。斯宾司说："《金枝》一书供给过去和现在一代的神话学民俗学家当作神话和人类学事实的一种大总集，很有功用。没有人能够逃过它那广大的影响。这是学问的积聚，后世调查者总得常去求助于此。"

但是说得最有趣味的乃是哈理孙女士，在她的《学子生活之回忆》第末章中说：

> 回过头来看我的一生，我是怎么迟回颠蹶的走向自己专门的路上去的。希腊文学的专门学问，我早觉得是关了门的了。我在坎不列治那时候所知道的唯一的研究工作是本文考订，而要工作有成绩，我的学力却是绝不够的。我们希腊学者在那时实在是所谓黑暗里坐着的人们，但是我们不久便看见了一道大光明，两道大光明，即考古学，人类学。古典在长眠中转侧起来了。老年人开始见幻景，青年人开始做梦了。我刚离开坎不列治，那时须理曼在忒罗亚着手发掘。在我的同辈之中有弗来则，他后来就用了《金枝》的火光来照野蛮迷信的黑暗树林了。那部书的好名目——弗来则勋爵真有题书名的天才——引起了学者们的注意。他们在比较人类学里看出一件重要的东西，真能解明希腊或罗马的本文。泰勒已经写过了也说过了，

洛伯生斯密斯为异端而流放在外，已经看过东方的星星了。可是无用，我们古典学者的聋蛇还是堵住了我们的耳朵，闭上了我们的眼睛。但是一听到《金枝》这句咒语的声音，眼上的鳞片便即落下，我们听见，我们懂得了。随后伊文思出发到他的新岛去，从他自己的迷宫里打电报来报告牛王的消息，于是我们不得不承认这是一件重要的事，这与荷马问题有关了。

话虽如此说，这十二册的大书我却终于没有买，只得了一册的节本，此外，更使我觉得喜欢的，则是这一小本《金枝上的叶子》。此书里共分六部，一基督降诞节与寄生树，二怪物，三异俗，四神话与传说，五故事，六景色，有插画十六叶。弗来则夫人小序云：

圣诞前夜的木柴发出光明的火焰，圣诞树上各色的蜡烛都在烛台上摇晃，音乐队作起乐来，一切都很高兴像是婚宴，那时我们散步，或者我们亲吻，在寄生树的枝下。我们有几个知道，或者我们知道却又有几个记得，那寄生树就是威吉尔的所谓金枝，埃纳亚斯就拿了这个下降到阴暗的地下界去的呢？我们现在愿意忘记这一切艰深的学问，一切悲苦，在这大年夜里。鬼和妖怪或者还在阴暗中装鬼脸说怪话，妖婆或者骑了扫帚在头上飞过，仙人和活泼的小妖或者在月下高兴的跳着，但是他们不会吓唬我们。因为我们是裹在梦中，这是黄金的梦，比平日实际还要真实的梦，我们希望暂时继续去梦见那一切过去的梦幻的世界。

　　青年朋友们可以相信，我太爱他们了，不想把他们从美丽的梦想中叫醒过来。我采摘了这些散乱的叶子，选择一下，送给那些正是青春年纪的人们。我并不想教导，我的目的只是使人快乐，使人喜欢。这书《金枝》的著者查遍了全世界的文献来证明他自己的论旨，这些论旨在这里与我们没有关系。书中故事都仍用著者的原语，他的魔术杖一触却使那些化成音乐了，我所乐做的工作就只是把这许多银色里子的叶子给青年们编成一个花冠罢了。

　　弗来则博士文章之好似乎确是事实而并非单是夫人的宣传。我有他的一本文集，一九二七年出版，题云《戈耳共的头及其他文章》。他编过诗人古柏的信，写了一篇传记，又编亚迪生的论文，写了一篇序，均收入集内，又仿十八世纪文体写了六篇文章，说是"旁观社"的存稿，读者竟有人信以为真。至于《戈耳共的头》一篇以希腊神话为材料，几乎是故意去和庚斯莱（Kingsley）比赛了。大约也未必因为是苏格兰人的缘故罢，在这一点上却很令人想起安特路朗（Andrew Lang）来。《金枝上的叶子》共有九十一篇，大都奇诡可读，我最喜欢那些讲妖婆的，因为觉得西方的妖婆信仰及其讨伐都是很有意义的事，但是那些都长一点，现在只挑选了短的一篇《理查伦主教的魔鬼》译出以见一斑，云原文见《金枝》卷七《罪羊》中也：

没有在拉巴陀冰冻的海岸的爱思吉摩人，也没有在吉亚拿闷热的森林的印第安人，也没有在孟加拉树林里发抖的印度人，比那十三世纪上半主持显达耳地方西妥派修道院的理查伦更怕恶鬼，觉得他们永远在他周围的。在他那奇怪的著作所谓《启示录》里他表明怎么时时刻刻的为魔鬼所扰，这个东西他虽然不能看见，却能够听见，他把所有肉体上的苦痛与精神上的缺点都归罪于他们。假如他觉得烦躁，他相信这种心情是魔鬼的力量给他造成的。假如他鼻上发生皱纹，假如他下唇拖下，那么魔鬼又得负责，咳嗽，头风，吐痰，唾沫，那如无超自然的鬼怪的原因是不会有的。假如在秋天好太阳的早晨他在果园散步，这位肥胖的主教弯腰去拾起一个夜间落下的熟果子，那时血液升到他紫色的脸上来，这也由于他那看不见的敌人的主使。假如主教睡不着在床上转侧，月光从窗间照进来，把窗棂的影子映在房内地板上像是一条条的黑棒，这使他醒着的也绝不是跳蚤或其他，不，他明智的说道，虫豸是并不真会咬人的，——它们似乎的确咬了人，但这都是魔鬼的把戏。假如一个道友在卧室内打呼，那难听的声音并不出于他，却是从那躲在他身里的魔鬼发出来的。对于身体上和精神上的一切不适的原因这样的看去，那么主教所开的药方不是本草上所有也不是药铺里所能买到，这正是当然的了。这大部分是圣水和十字架的符号，他特别推荐画十字当作治跳蚤咬的单方。

（廿三年二月）

**选自《周作人文类编·6·花煞》**

## 《塞耳彭自然史》

《塞耳彭自然史》——这个名称一看有点生硬,仿佛是乡土志里讲博物的一部分,虽然或者写得明细,可以多识鸟兽草木之名,总之未必是文艺部类的佳作罢。然而不然。我们如写出它的原名来,The Natural History of Selborne,再加上著者的姓名 Gilbert White,大家就立刻明白,这是十八世纪英国文学中的一异彩,出版一百五十年来流传不绝,收入各种丛书中,老老小小,爱读不厌。这是一小册子,用的是尺牍体,所说的却是草木虫鱼,这在我觉得是很有兴味的事。英国戈斯(Edmund Gosse)所著《十八世纪文学史》第九章中有一节讲这书及其著者,文云:

自吉耳柏特·怀德(Gilbert White,1720—1793)的不朽的《塞耳彭自然史》出现后,世上遂有此一类愉快的书籍发生,此书刊行于一七八九年,实乃其一生结集的成绩。怀德初同华顿一道在巴辛斯托克受业,后乃升入奥斯福之阿里厄耳学院,在一七四七年受圣职,一七五一年顷即被任为塞耳彭副牧师,此系罕布什尔地方一个多林木的美丽的教区,怀德即生于此地。次年他回到阿里厄耳,在学校内任监院之职,但至一七五五年回塞耳彭去,以后终身住在那里,一七五八年任为牧师。他谢绝了好几次的牧师职务,俾得留在他所爱的故乡,只受了一两回学院赠予的副牧师职,因为他可以当作闲职管领。怀德很爱过穆耳索女士,后来大家所知道的却滂夫人者即是,她却拒绝了他的请求,他也就不再去求别人了。他与那时活跃的两个博物家通信,一云本南德(Thomas Pennant),一云巴林顿(Daines Barrington),他的观察对于此二人盖都非常有用。一七六七年怀德起首写他的故乡的自然史,到一七七一年我们才看出他略有刊行之意,三年以后他说起或可成功的小册。但是因为种种的顾虑与小心之故,他的计划久被阻碍,直到一七八九年春天那美丽的四开本才离开印字人的手而出现于世。这书的形式是以写给友人的信集成的,还有较短的第二分,用另外的题页,也同样的方法来讲塞耳彭的古物。其第一分却最为世人所欢迎,在有百十册讲英国各地自然史的书出现之后,怀德的书仍旧保存着他那不变的姿媚与最初的新鲜。这是十八世纪所留给我们的最愉快的遗产之一。在每一页上总有些独得的观察使我们注意：

　　鹭鸶身子很轻，却有那大翅膀，似乎有点不方便，但那大而空的翼实在却是必要，在带着重荷的时候，如大鱼及其他。鸽子，特别是那一种叫做拍翼的，常把两翼在背上相击，拍拍有声，又一种叫做斤斗的，在空中翻转。有些鸟类在交尾期有特别的动作，如斑鸠在别的时候虽然飞得强而快，在春天却摊着翼像是游戏似的。雄的翠鸟生育期间忘记了他从前的飞法，像鹞子那样在空中老扇着翅膀。金雀特别显出困倦飞不动的神气，看了像是受伤的或是垂死的鸟。鱼狗直飞好像一支箭，怪鸱黄昏中在树顶闪过，正如一颗流星，白头翁像是游泳着，画眉则乱七八糟的飞。燕子在地面水面上掠着飞，又很快的拐弯打圈，显他的本领。雨燕团团的急转，岩燕常常的左右动摇，有如一只蝴蝶。许多小鸟都一抖一抖的飞，一上一下的向前进。（按此系与巴林顿第四十二书中的一部分。）
怀德无意于作文，而其文章精密生动，美妙如画，世间殆少有小说家，能够保持读者的兴味如此成功也。

　　戈斯著书在一八八八年，关于怀德生平的事实不无小误，如任牧师一事今已知非真，不过在本乡有时代理副牧师之职则是实在耳。戈斯的批评眼乃了无问题，至今论者仍不能出其范围，一九二八年琼孙（Walter Johnson）新著评传云："吉耳柏特·怀德，先驱，诗人与文章家"，大旨亦复如是，唯其中间论动植各章自更有所发明。赫特孙（W. H. Hudson，旧曾译作合信）在文集《鸟与人》（Birds and Man）中有一篇《塞耳彭》，记一八九六年访此教区事，末尾说明《自然史》的特色云：

  文体优美而清明。但一本书并不能生存，单因为写得好。这里塞满着事实。但事实都被试过筛过了，所有值得保留的已全被收进到若干种自然史的标准著作里去了。我想很谦卑地提议，在这里毫无一点神秘，著者的个性乃是这些尺牍的主要的妙处，因为他虽是很谦逊极静默，他的精神却在每页上都照耀着。那世间所以不肯让这小书死灭的缘故，不单是因为它小，写得好，充满着有趣味的事情，主要的还是因为此乃一种很有意思的人生文献（human document）也。

同文中又有两节可以引用在这里：

  假如怀德不曾存在，或者不曾与本南德及巴林顿通信，塞耳彭在我看来还是一个很愉快的村子，位置在多变化而美丽的景色中间，我要长久记忆着它，算作我在英国南部漫游中所遇到的最佳妙的地方之一。但是我现在却不绝的想念着怀德。那村子本身，四周景色的种种相，种种事物有生或无生的，种种音声，在我的心里都与那想念相联结，我想那默默无闻的乡村副牧师，他是毫无野心的，是一个沉静安详的人，没有恶意，不，一点都没有，如他的一个教区民所说。在那里，在塞耳彭，把那古派的老人喀耳沛伯（Nicholas Culpepper）的一句诗略改变其意义，正是——

他的影像是捺印在各株草上。

带了一种新的深切的兴趣我看那些雨燕在空中飞翔，听他们尖利的叫声。这统是一样，在那一切的鸟，就是那些最普通的，那知更鸟、山雀、岩燕，以及麻雀。傍晚时候我很久的站着不动，用心看着一小群的金雀，停在榛树篱上将要栖宿了。因为我在那里，他们时时惊动，飞到顶高的小枝上去，他们在上边映着浅琥珀色的天空看去几乎变成黑色了，发出他们拉长的金丝雀似的惊惶的叫声。这还是一种美妙柔和的音调，现今却加多了一点东西在里边，——从远的过去里来的东西——对于一个人的想念，他的记忆是与活的形状和音声交织在一起的。

这个感情的力量与执著有了一种奇异的效果。这使我渐渐觉得，在一百多年前早已不在了的那人，他的尺牍集曾为几代的博物家的爱读书，虽然已经死了去了，却是仿佛有点神秘地还是活着。我花费了许多工夫，在墓地的细长的草里摸索，想搜出一种纪念物来，这个后来找到了，乃是一块不很大的墓石。我须得跪了下去，把那一半遮着墓石的细草分开，好像我们看小孩的脸的时候拂开他额上的乱发。在石上刻着姓名的头字，下面一行云一七九三，是他死去的年份。

赫特孙自己也是个文人兼博物学家，所以对于怀德的了解要比别人较深，他大约像及弗利思（Richard Jefferies），略有点神秘的倾向，这篇塞耳彭游记写得多倾于冥想的，在这点上与怀德的文章却很是不相同了。

《塞耳彭自然史》的印本很多，好的要值一几尼以至三镑，我都没有能买到，现在所有的只是"司各得丛书"，"万人丛书"，"奥斯福的世界名著"各本，大抵只有本文或加上一篇简单的引言而已。近来新得亚伦（Grant Allen）编订本，小注颇多，又有纽氏插图百八十幅，为大本中最可喜的一册。亚伦亦是生物学者，又曾居塞耳彭村，熟知其地之自然者也。伍特华德（Marcus Woodward）编少年少女用本，本文稍改简略，而说明极多，甚便幼学，中国惜无此种书。李慈铭《灯下读尔雅偶题》三绝句之一云：

理学须从识字成，学僮遗法在西京。

何当南戒栽花暇，细校虫鱼过一生。

末二句的意境尚佳，可是目的在于说经便是大误，至于讲风雅还在其次，若对于这事物有兴趣，能客观的去观察者，已绝无仅有了。郝兰皋或可以算是一个，在他与孙渊如的信里说"少爱山泽，流观鱼鸟，旁涉天条，靡不覃研钻极，积岁经年，故尝自谓《尔雅》下卷之疏几欲追踪元恪"，确非过言，只可惜他的《记海错》与《蜂衙》、《燕子》诸篇仍不免文胜，持与怀德相比终觉有间耳。

《自然史》二卷，计与本南德书四十四，与巴林顿书六十六，共一百十通，后来编者或依年月次第合为一卷，似反凌乱不便于读，不及二卷本善也。卷首有书数通，叙村中地理等，似皆后来补作，当初通信时本无成书计划，随意记述，后始加以整理，但增补的信文词终缺自然之趣，与其他稍不同。书中所说虽以生物为主，却亦涉及他事，如地质气候风俗，其写村中制造苇烛及迫希流人诸篇均有名。生物中又以鸟类为主，兽及虫鱼草木次之，这些事情读了都有趣味，但我个人所喜的还是在昆虫，而其中尤以讲田蟋蟀即油胡卢、家蟋蟀、土拨鼠蟋蟀即蝼蛄的三篇为佳，即下卷第四六到四八也。琼孙在所著《怀德评传》第七章中说：

在《自然史》中我们看见三篇美妙的小论文，虽然原来只是三章书，这是讲蟋蟀的三种的，即油胡卢、蛐蛐、蝼蛄是也。要单独的引用几段，这有如拿一块砖头来当作房屋的样本。一句巧妙的话却须得抄引一下。炉边的蟋蟀说是主妇的风雨表，会预告下雨的时候（巴林顿四七）。怀德的方法，用了去检视钻洞的虫而不毁坏它的住屋，这就是现代昆虫学家所用方法的前驱。一根软的草茎轻轻地通到洞里去，便能顺着弯曲一直到底，把里边住着的赶出来，这样那仁慈的研究者可以满足了他的好奇心而不伤害那目的物（同四六）。

蝼蛄的故事对于有些博物学家特别有用，他们像鄙人一样都不曾见过一个活的标本。罕布什尔还是顶运气的地方，离开那里人就少有遇见这虫子的希望。但是因为不知什么缘故，就是在罕布什尔现在蝼蛄也很少了，派克拉夫德在一九二六年曾经说过他想得这标本是多么困难。可是怀德却列举了三个土名，说是行于国内各地的，曰泥塘蟋蟀、啾啾虫、晚啾。这些俗名大抵似与他的飞声有关，既然各处有此名称，那么似乎证明从前蝼蛄分布颇广了。

这样说来，我的计划很受了影响，原来我想介绍那蟋蟀三章的，但是现在全译既不可能，节译又只是搬出一块砖头来代表房子，只好罢休。那么还是另外找罢。关于苍蝇䗪螂等的小文也都有意思，可是末了我还是选中了这篇《蜗牛与蛞蝓》，别无什么理由，不过因为较短罢了。这本是怀德日记的一部分，一八〇二年马克微克（W. Markiwck）编选为一卷，名曰《关于自然各部之观察》，内分鸟、兽、虫豸、植物、气象五部，附在《自然史》后面，以后各本多仍之，或称之曰《杂观察》。其文云：

无壳的蜗牛叫做蛞蝓的，在冬季气候稍温和的日子便出来活动，对于园中植物大加损伤，青麦亦大受害，这平常总说是蚯蚓所做的。其有壳的蜗牛，即所谓带屋的（phereoikos），则非到四月十日左右不出来，它不但一到秋天便老早的隐藏到没有寒气的地方去，还用了唾沫做成一层厚盖挡住它的壳口，所以它是很安全的封了起来，可以抵挡一切酷烈的天气了。蛞蝓比起蜗牛来很能忍耐寒冷，这原因盖由于蛞蝓身上有那黏涎，正如鲸鱼之有脂肪包着。

蜗牛大约在中夏交尾，以后把头和身子都钻到地下去产卵。所以除灭的方法是在生殖以前把它弄死愈多愈好。

大而灰色的无壳的地窖蜗牛，与那在外边的蜗牛同时候隐藏起来，因此可以知道，温度的减少并不是使它们蛰居的唯一原因。

（廿三年四月）

〔附记〕关于怀德与其《自然史》，李广田君有一文，登在三月十七日天津《大公报》的《文艺周刊》第五十号上，可以参照。

"带屋的"是希腊人称蜗牛的名字，又亦以称乌龟，怀德讲龟的那篇文中曾说及。

选自《周作人文类编·4·人与虫》

## 《性的心理》

近来买到一本今年新出版的蔼理斯所著《性的心理》，同时不禁联想起德国"卐"字党的烧书以及中国舆论界同情的批评。手头有五月十四日《京报》副刊上的一则"烧性书"，兹抄录其上半篇于下：

最近有一条耐人寻味的新闻，德国的学生将世界著名的侯施斐尔教授之性学院的图书馆中所有收藏的性书和图画尽搬到柏林大学，定于五月十日焚烧，并高歌欢呼，歌的起句是，"日耳曼之妇女兮，今已予以保护兮"。

从这句歌词我们窥见在极右倾的德国法西斯蒂主义领袖希特勒指导下一班大学生焚烧性书的目的，申言日耳曼之妇女今后已予以保护，当然足见在以往这些性书对于德国妇女是蒙受了不利，足见性书在德国民族种下了重大的罪恶。

最近世界中的两大潮流——共产主义和法西斯蒂——

中，德国似苏联一样与我人一个要解决的谜。步莫索里尼后兴起的怪杰希特勒，他挥着臂，指挥着数千万的褐衫同志，暴风雨似的，谋日耳曼民族的复兴，争拔着德国国家地位增高，最近更对于种族的注意，严定新的优生律和焚烧性书。

下半篇是专说"中国大谈性学"的张竞生博士的，今从略。张竞生博士与 Dr. Magnus Hirschfeld，这两位人物拉在一起，这是多么好玩的事。性书怎样有害于德国妇女，报馆记者与不佞都没有实地调查过，实在也难以确说。不过有一件事我想值得说明的，便是那些褐衫朋友所发的歇斯底里的叫喊是大抵不足为凭的。不知怎的，我对于右倾运动不大有同情，特别读了那起头的歌词，觉得青年学生这种无知自大的反动态度尤其可惜，虽然国际的压迫使民变成疯狂原是可能的事，他们的极端国家主义化也很有可以理解的地方。北欧方面的报上传出一件搜书的笑话来，说大学生搜查犹太人著作，有老太婆拿出一本圣书，大家默然不敢接受。这或者是假作的，却能简要的指出这运动的毛病，这还是"十九世纪"的老把戏罢了。在尼采之前法人戈比诺（Arthur de Gobineau）曾有过很激烈的主张，他注重种族，赞美古代日耳曼，排斥犹太文化，虽近偏激却亦言之成理。后来有归化德国的英人张伯伦（H. S.

Chamberlain）把这主张借了去加以阉割，赞美日耳曼，即指现代德国，排斥犹太，但是耶稣教除外，这非驴非马的意见做成了那一部著名的《十九世纪之基础》，实即威廉二世的帝国主义的底本。戈比诺的打倒犹太人连耶稣和马丁路得在内，到底是勇敢的彻透的，张伯伦希特勒等所为未免有点卑怯，如勒微（Oscar Levy）博士所说，现代的反犹太运动的动机，乃只是畏惧嫉妒与虚弱而已。对于这样子的运动，我们不能有什么期望，至于想以保护解决妇女问题，而且又以中古教会式的焚书为可以保护妇女，恐只有坚信神与该撒的宗教信徒才能承认，然而德国大学生居然行之不疑，此则大可骇异者也。

德国大烧性书之年而蔼理斯的一册本《性的心理》适出版，我觉得这是很有趣的一件事。八月十三日《独立评论》六十三期上有一篇《政府与娱乐》说得很好，其中有云：

> 因为我们的人生观是违反人生的，所以我们更加做出许多丑事情，虚伪事情，矛盾事情。这类的事各国皆有。拉丁及斯拉夫民族比较最少，盎格鲁撒克逊较多，而孔孟的文化后裔要算最多了。究竟西洋人因其文化有上古希腊，文艺复兴，及近代科学的成分在内，能有比较康健的人生观。

蔼理斯的《性的心理》第一卷出版于一八九八年，就被英国政府所禁止，后来改由美国书局出版才算没事，至一九二八年共出七卷，为世界性学上一大名著，可是大不列颠博物馆不肯收藏，在有些美国图书馆里也都不肯借给人看，而且原书购买又只限于医生和法官律师等，差不多也就成为一种禁书，至少像是一种什么毒药。这是盎格鲁撒克逊的常态罢，本来也不必大惊小怪的。但是到了今年忽然刊行了一册简本《性的心理》，是纽约一家书店的"现代思想的新方面"丛书的第一册（英国怎么样未详），价金三元，这回售买并无限制，在书名之下还题一行字云学生用本，虽然显然是说医学生，但是这书总可以公开颁布了。把这件小事拿去与焚书大业相比，仿佛如古人所说，落后的上前，上前的落后了，蔼理斯三十年的苦斗总算略略成功，然而希耳施斐尔特的多年努力却终因一棒喝而归于水泡，这似乎都非偶然，都颇有意义，可以给我们做参考。

《性的心理》六卷完成于一九一〇年，第七卷到了一九二八年才出来，仿佛是补遗的性质的东西。第六卷末尾有一篇跋文，最后两节说的很好，可见他思想的一斑：

> 我很明白有许多人对于我的评论意见不大能够接受，特别是在末卷里所表示的。有些人将以我的意见

为太保守,有些人以为太偏激。世人总常有人很热心的想攀住过去,也常有人热心的想攫得他们所想像的未来。但是明智的人站在二者之间,能同情于他们,却知道我们是永远在于过渡时代。在无论何时,现在只是一个交点,为过去与未来相遇之处,我们对于二者都不能有所怨怼。不能有世界而无传统,亦不能有生命而无活动。正如赫拉克来多思在现代哲学的初期所说,我们不能在同一川流中入浴二次。虽然如我们在今日所知,川流仍是不断的回流着。没有一刻无新的晨光在地上,也没有一刻不见日没。最好是闲静的招呼那熹微的晨光,不必忙乱的奔向前去,也不要对于落日忘记感谢那曾为晨光之垂死的光明。

　　在道德的世界上,我们自己是那光明使者,那宇宙的历程即实现在我们身上。在一个短时间内,如我们愿意,我们可以用了光明去照我们路程的周围的黑暗。正如在古代火把竞走——这在路克勒丢思看来似是一切生活的象征——里一样,我们手持火把,沿着道路奔向前去。不久就要有人从后面来,追上我们。我们所有的技巧便在怎样的将那光明固定的炬火递在他的手内,那时我们自己就隐没到黑暗里去。

**这两节话我顶喜欢,觉得是一种很好的人生观,沉静,**

坚忍，是自然的、科学的态度。二十年后再来写这一册的《性的心理》，蔼理斯已是七十四岁了，他的根据自然的科学的看法还是仍旧，但是参透了人情物理，知识变了智慧，成就一种明净的观照。试举个例罢，——然而这却很不容易，姑且举来，譬如说咺尼林克妥思（Cunnilinctus）。这在中国应该叫做什么，我虽然从猥亵语和书上也查到两三个名字，可是不知道那个可用，所以结局还只好用这"学名"。对于这个，平常学者多有微词，有的明言自好者所不为，蔼理斯则以为在动物及原始民族中常有之，亦只是亲吻一类，为兴奋之助，不能算是反自然的，但如以此为终极目的，这才成了性欲的变态。普通的感想这总是非美的，蔼理斯却很幽默的添一句道："大家似乎忘记了一件事，便是最通行的性交方式，大抵也难以称为美的（aesthetic）罢，他们不知道，在两性关系上，那些科学或是美学的冰冷的抽象的看法是全不适合的，假如没有调和以人情。"他自己可以说是完全能够实践这话的了。其次我们再举一个例，这是关于动物爱（zoocrastia）的。谢在杭的《文海披沙》卷二有一条"人与物交"，他列举史书上的好些故实，末了批一句道，"宇宙之中何所不有。"中国律例上不知向来如何办理，在西洋古时却很重视，往往连人带物一并烧掉了事。现在看起来这原可以不必，但凡事一牵涉宗教或道德的感情在内，这便有点麻烦。蔼理斯慨叹社会和法律的对于兽交的态度，就是在今日也颇有缺陷，往往忽略这事实：即犯此案件的如非病的变态者，也是近于低能的愚鲁的人。"还有一层应该记住的，除了偶然有涉及虐待动物或他虐狂的情节者以外，兽交并不是一件直接的反社会的行为，那么假如这里不含有残虐的分子，正如瑞士福勒耳教授所说，这可以算是性欲的病的变态中之一件顶无害的事了。"

我不再多引用原文或举例，怕的会有人嫌他偏激，虽然实在他所说的原极寻常，平易近理。蔼理斯的意见以为性欲的满足有些无论怎样异常以至可厌恶，都无责难或干涉的必要，除了两种情形以外，一是关系医学，一是关系法律的。这就是说，假如这异常的行为要损害他自己的健康，那么他需要医药或精神治疗的处置。其次假如他要损及对方或第三者的健康或权利，那么法律就应加以干涉。这意见我觉得极有道理，既不保守，也不能算怎么激烈，据我看来还是很中庸的罢。要整个的介绍蔼理斯的思想，不是微力所能任的事。英文有戈耳特堡（Lsaac Goldberg）与彼得孙（Houston Peterson）的两部评传可以参考，这里只是因为买到一册本的《性的心理》，觉得甚是喜欢，想写几句以介绍于读者罢了。

（二十二年八月十八日，于北平）

选自《周作人文类编·5·上下身》

# 荣光之手

"荣光之手"（Hand of Glory），这是一个多么好看的名字。望文生义地想来，这如不是医生的，那一定是剿灭乱党的官军的贵手了罢。——然而不然。我们要知道这个手，在文艺上须得去请教《印戈耳支比家传故事集》（The Ingoldsby Legends）。这是多马印戈耳支比所作，但他实在是叫巴楞木（R. H. Barham, 1788—1845），是个规矩的教士，却作的上好的滑稽诗，圣支伯利（G. Saintsbury）教授很赏识他，虽然在别家的文学史上都少说及。圣支伯利的《英文学小史》还在注里揄扬这位无比的滑稽诗家，但在《十九世纪英文学史》说的更为详细一点，其中有几句评语：

《印戈耳支比家传故事》在著者晚年八年中所发表，编印成集，世上比这更为流行的书几乎没有了。到了近时才有一点儿贬词，不过那是自然而且实是不可免的结果，因为第一是言语与风俗有点改变了，第二是已经流传的那样广远而长久。没有人硬要主张，以为这是文学的大作。但是为了那既不平板也非喧噪的无尽的谐趣，几乎奇迹似的声调韵脚之巧妙与自然，凡是能判断与享受的人如去读巴楞木总是不会失望的。

集里第一篇便是"荣光之手"的故事，现在且抄引它几段，不过只是大意，原文的好处自然是百不存一了。

> 在那冷静阴寒的原野上，
> 在那半夜的时光，
> 在那绞架的底下，
> 手挽手地站着凶手们，
> 一个，二个，三个！
> "谁愿的走上去，
> 快靠着那手脖子，
> 给我切下那死人的拳头！
> 谁敢的爬上去，
> 在他凌空挂着的地方，
> 给我拔五绺死人的头发！"

据说在达平顿的原野上住着一个八十多岁的老太婆，钩鼻，驼背，烂眼，头戴尖锥帽，一看就明白这是一个巫婆！现在那三个凶手们到她的草舍里来了。——

听了也可怕,
那些恐怖的言语!
祷告是倒说的,
说着还带冷笑。
(马太霍布金告诉我们,
巫婆说祷告的时候,
她从"亚们"起头。)
看了也可怕,
在那老太婆的膝上,
放着干瘪的死手,
她笑嘻嘻地捏着,
她又小心地拿那五绺头发,
拖在挂着的那绅士的脑袋上的,
和上黑雄猫的脂膏,
赶快搓成几支灯芯,
装在五个手指的顶上。
"死人来敲门,
锁开,门闩落!
死人手作法,
筋肉都别动!
睡的睡,醒的醒,

都同死人一样死！"

把这咒语抄了之后，荣光之手已经制造成功了，后来的事情是强盗杀人，末了在达平顿原野的黑绞架上挂上了"一个二个三个"的凶手们，老太婆的胸前挂了一只死人手与一匹死雄猫，正要被抛下河去的时候却给那魔鬼带往地狱去了。

我们如嫌上文说得还欠明白，那么可以到科学书上去找找看，弗来则博士的《金枝》（Dr. J. G. Frazer, The Golden Bough）节本上略有说明，即第三章讲感应法术的地方：

> 拟似法术中很繁盛的一支派是借了死人来作法的。……各时代各地方的盗贼多行这门法术，在他们的职业上是极有用的。如南斯拉夫的贼起手用一根死人的骨抛在屋上，嘲讽地说道，"骨头会醒时，人们也就醒。"以后这屋里的人就再也睁不开眼来了。同样在爪哇贼从坟上拿一点土，撒在他要偷的人家的周围，使家中人沉睡。印度人把火葬的灰撒在门口，秘鲁的印第安人则撒人骨的灰土，哥萨克人将死人胫骨除去骨髓，灌入牛脂，点起火来，在屋外周行三遍，也能叫人熟睡如死。哥萨克又用腿骨做箫，吹时使闻者疲

倦不能兴。墨西哥的印第安人用初次做产而死的女人的左臂骨,但是这骨又须得是偷来的,在进人家去以前他们以骨敲地,使家中人不能言动,僵卧如死,能见闻一切,但全然无力,有些简直就睡着而且打鼾了。在欧洲则云荣光之手有同样的能力,这是绞死者的手,风干,制过的。倘若再用一支死在绞架上的恶人的油所制的蜡烛,点着放在荣光之手上像烛台一样,能使人完全不能动,有如死人,连一个小指也动不来。有时候死人的手就当作蜡烛,不,一串蜡烛,所有干枯的指头都点了火,但如家中有一个人醒着,也就有一个指头点不着火,这种妖火只有牛乳能够熄灭。法术上又有时规定盗贼的蜡烛须得用初生的,更好是未生的幼儿之手指所制,有时又说必须照了家中的人数点烛,因为他如只有太小的一支烛,有人会得醒过来捉住他。这些蜡烛点着以后,除了牛乳没有东西能够灭它。十七世纪时强盗时常谋害孕妇,去从她们的胎内取出蜡烛来。

威克勒(Ernest Weekley)教授著《文字的故事》(The Romance of Words)的第九章是讲语原俗说(Folk-etymology)的,中间说及荣光之手:

语原俗说的一个奇妙的例可以从荣光之手的旧迷信里找出来。这说的是从绞架上取来的一只死人手,能够指出宝藏来的:

谁愿的走上去,

快靠着那手脖子,

给我切下那死人的拳头!

（印戈耳支比《荣光之手》）

这只是法文 Main de gloire 的译语。但那法文本是 Mandragore 之转（疑为传，——编者注）讹,拉丁文曰 Mandragora,即曼陀罗,它的双叉的根据说有同样的能力,特别是这植物从绞架旁采来的。

中国也有曼陀罗华,不过那是别的植物,佛经中所说天雨曼陀罗华那是一种莲花之类,《本草纲目》所载的又是风茄儿,虽然也是毒草,但其毒在果而无肥大的块根。这种人形的曼陀罗在匈加牙小说《黄蔷薇》中曾有说及,第二章的末尾云:

女忽忆往事,尝有吉迪希妇人为之占运,酬以敝衣,妇又相告曰,倘尔欢子心渐冷落,尔欲撩之复炽者,事甚易易:可以橙汁和酒饮之,并纳此草根少许,是名胖侏儒,男子饮此,爱当复炽,将不辞毁垣越壁而从汝矣。女因念今日正可试药，以诃禁之。草根黝然，卧箱屉中，圆顶肿足，状若傀儡。古昔相传，是乃灵草，掘时能作大噭，闻其声者猝死，人乃缚诸犬尾，牵而拔之。神人吉尔开（Kirkē = Circe）尝以此草蛊惑阿迭修斯（Odysseus）暨其伴侣，药学者采之则别有他用，名之曰 Atropa Mandragora，至其草为毒药，则女所未见者也。

安特路阑著《习俗与神话》（Andrew Lang, Custom and Myth）中有篇论文曰《摩吕与曼陀罗》（Moly and Mandragora），说曼陀罗的情形与上文相似：

其根似人形。据说如有世袭的盗贼而不失童贞者被绞死，则有曼陀罗，阔叶黄花，形如其人，生于处刑的绞架下。曼陀罗与阿迭修斯的灵药摩吕相似，是凡人所不易掘取的。欲得曼陀罗的人须先用蜡塞住两耳，使不能听见那草被拔出土时的致命的叫声。在礼拜五的日出前，牵一匹全黑的狗，在曼陀罗周围画三个十字，掘松根旁的泥土，将草根缚住在狗尾巴上，拿一块面包给狗吃。狗跑上前来取那面包，把曼陀罗根拔起，但听了那可怕的喊声立即倒地死了。随后将草根取起，用葡萄酒洗净，用绸片包裹，放在箱子里，每礼拜五给洗浴一次,每逢新月换一次新的白小衣。曼陀罗如好好地待遇,能够如家神一样地显神通。如将一枚金钱放在它的上面,第二天早晨便能发见有两枚在那里。

中国没有胖侏儒,但关于人参、何首乌、茯苓等也有同样的俗说,如宋刘敬叔著《异苑》云:"人参,一名土精,生上党者佳,人形皆具,能作儿啼。昔有人掘之,始下锸便闻土中呻吟声,寻音而取,果得人参。"

匈牙利的曼陀罗用作媚药,西欧则可以招财,与威克勒所说相近,但它似乎没有使人昏迷的法力,虽然本是有强烈的麻醉性的。荣光之手的起源恐怕还是如弗来则所说,由于借了死人来作法,未必是言语的传讹。言语学的神话解释已经不能存在,在土俗学的方面大约也是相同,《文字的故事》是一卷讲语原的通俗而又学术的好书,但他偶然讲到迷信的解说,虽是新奇而有趣味,却也说是不大的确了。

〔附记〕希腊史诗《阿迭舍亚》(Odysseia)第十卷中阿迭修斯自述与其伴侣漂流抵神女吉尔开之岛,伴侣们受神女宴飨,吃了干酪、麦食、蜜、酒,中和毒药,悉化为猪,未言用曼陀罗。阿迭修斯得天使之助,用了摩吕破神女的法术，救出友伴。诗中云，"此草黑根，花色如乳，神人名之曰摩吕，唯凡人所不易掘取，而在神人无所不可。"不知是何草，但其性质与曼陀罗相似，注解家云拔摩吕者必死。

(民国十七年九月二日，于北平市)

选自《周作人文类编·6·花煞》

## 《希腊拟曲》序

一九〇八年起首学习古希腊语,读的还是那些克什诺芬(Xenophon)的《行军记》和柏拉图(Platōn)的答问,我的目的却是想要翻译《新约》,至少是《四福音书》。我那时也并不是基督教徒,但是从一九〇一年后在江南水师学堂当学生,大约是听了头班前辈胡诗庐先生的指点,很看重《圣书》是好文学,同时又受着杨仁山先生的影响,读了几本佛经,特别是《楞严》和《维摩诘》,回头来看圣经会所出的"文理"译本,无论如何总觉得不相称,虽然听说这译文是请缕罄仙史们润色过的。一面读雅典哲人的雅言,有时又溜到三一书院去旁听《路加福音》讲义,在这时候竟没有注意到使徒多是"引车卖浆之徒",《福音》的文字都是白话(koinē),这是很可笑的一件事。假如感到了这个矛盾,或者我也就停止了学习的工作了罢。

辛亥革命之年,从东京回到乡间,在中学教书,没有再用功的机会,不久又知道《圣书》的"官话和合译本"已够好了,从前的计划便无形的完全取消。于是茌苒的二十年就过去了。这期间也有时想到,仿佛感着一种惆怅,觉得似乎应该做一点什么翻译,不要使这三年的功课白费了才好。可是怎么办呢?回过去弄那雅典时代的著作么?——老实说,对于那些大师我实在太敬畏了。虽然读了欧列比台斯(Euripidēs)的《忒洛耶的妇女》(Trōiades)曾经发过愿心,还老是挂在心上。总之这些工作是太难太重大了。又是生在这个颓废的时期,嗜好上也有点关系,就个人来说,我所喜欢的倒还是亚力山大时代的谛阿克列多思(Theokritos)与海罗达思(Hērōdas),罗马时代的路吉亚诺思(Loukianos)与郎戈思(Longos)。这样,便离开了希腊的兴隆期而落到颓废期的作品上来,其中又因为《拟曲》的分量较少,内容也最有兴趣,结果决定了来译海罗达思等的著作。如是又有两年,总是"捏捏放放",一直没有成就,这回因了我的朋友胡适之先生的鼓励,才算勉强写完。起因于庄重的《福音书》,经过了二十年以上的光阴,末了出来的乃是一卷很不庄重的异教的杂剧,这可以算是一个很奇怪的因缘了。

在英国查理士二世的时代(1630—1685),有一位伯更汗公爵(Duke of Buckingham)在上议院演说,曾说过一句妙语道:"法律并不像女人,老了就不行。"在一八二五年的夏天,哈士列忒(William Hazlitt)引用了这句话来应用在书籍上面。这如拿来放在希腊文学上,自然更是合适,因为荷马

（Homēros）这老头子本是永久年轻的。海罗达思等是晚辈了，但是距现在已有二千二百年，计算起来是中国周赧王时人，这也就很可佩服了。虽然中国在那时候也有了"关关雎鸠"，不过个人著作中总还没有可以相比的东西。我想假如《国语》、《左传》的作者动手来写，也未必不能造出此类文学，但是他们不写，这便是绝对没法的事情，我们不能不干脆的承认人家的胜利了。有人说，读海罗达思的著作，常令人想起一个近代法国作家来，——这自然就是那莫泊桑（Guy de Maupassant）。又有人说他是希腊文学上的德尼耳士（Teniers），他的作品是荷兰派的绘画。用了东方的典故来说，我们觉得不大容易得到适切的形容，中国似乎向来缺少希腊那种科学与美术的精神，所以也就没有这一种特别的态度，即所谓古典的、写实的艺术之所从出的大海似的冷静。翻二千年前芦叶卷子所书，反觉得比现今从上海滩的排字房里拿出来的东西还要"摩登"，我们不想说什么人心不古的话，但总之民族能力之不齐是的确的，这大约未必单是爱希腊者（philellēnes）的私言罢。

这十二篇译文虽只是戋戋小册，实在却是我的很严重的工作。我平常也曾翻译些文章过，但是没有像这回费力费时光，在这中间我时时发生恐慌，深有"黄胖磉年糕出力不讨好"之惧，如没有适之先生的激励，十之七八是中途搁了笔的。现今总算译完了，这是很可喜的，在我个人使这三十年来的岔路不完全白走，固然自己觉得喜欢，而原作更是值得介绍，虽然只是太少。谛阿克列多思有一句话道，"一点点的礼物掮着个大大的人情。"乡间俗语云，"千里送鹅毛，物轻人意重。"姑且引来作为解嘲。

（中华民国二十一年六月二十四日，周作人序于北平苦雨斋）

选自《周作人文类编·8·希腊之余光》

第三辑

# 汉译《古事记》神代卷引言

绍原兄,
　让我把这鹅毛似的礼物,
　远迢迢的从西北城,
　送到你的书桌前。
　　　　一九二六年一月三十日,周作人。

我这里所译的是日本最古史书兼文学书之一,《古事记》(Kojiki)的上卷,即是讲神代的部分,也可以说是日本史册中所记述的最有系统的民族神话。《古事记》成于元明天皇的和铜五年(712),当唐玄宗即位的前一年,是根据稗田阿礼(Hieda no Aré)的口述,经安万侣(Yasumavo)用了一种特别文体记下来的。当时日本还没有自己的字母,平常记录多借用汉字,即如同是安万侣编述的《日本书纪》便是用汉文体所写。《日本书纪》是一部历史,大约他的用意不但要录存本国的史实,还预备留给外国人(自然是中国同朝鲜人)看的,所以用了史书体裁的汉文。

但是一方面觉得这样一来就难免有失真之处,因为用古文作文容易使事实迁就文章,更不必说作者是外国人了,所以他们为保存真面目起见,另用一种文体写了一部,这便是《古事记》(虽然实际上是《古事记》先写成)。因为没有表音的字母可用,安万侣就想出了一个新方法,借了汉字来写,却音义并用,如他的进书表文(这原来是一篇骈文)中所说,"或一句之中交用音训,或一事之内全以训录。"不过如此写法,便变成了一样古怪文体,很不容易读。如第三节中所云,"故二柱神立天浮桥而指下其沼矛以画者,盐许袁吕许袁吕迩画鸣而引上时,自其矛末垂落之盐,累积成岛,是自淤能棋吕岛",即其一例。但到了十八九世纪,日本国学发达起来,经了好些学者的考订注解,现在已经可以了解了。我这里所译,系用次田润的注释本,并参照别的三四种本子。我的主意并不在于学术上有什么贡献,所以未能详征博考,做成一个比较精密完善的译本,这是要请大家预先承认原谅的。

我译这《古事记》神代卷的意思,那么在什么地方呢?我老实说,我的希望是极小的,我只想介绍日本古代神话给中国爱好神话的人,研究宗教史或民俗学的人看看罢了。普通对于这种东西有两样不同的看法,我觉得都不很对,虽然在我所希望他来看的人们自然不会有这些错误。其一是中国人看神话的方法。他们从神话中看出种种野蛮风俗原始思想的遗迹，——其实这是自然不过的事，他们却根据了这些把古代与现代溷在一起，以为这就足以作批评现代文化的论据。如《古事记》第三节里说，二大神用了天之沼矛搅动海水，从矛上滴下来的泡沫就成了岛，叫做"自凝岛"，读者便说这沼矛即是男根的象征，所以日本的宗教是生殖崇拜的。天之沼矛或者是男根的象征（在古人的眼里什么不含有性的意味呢？），但并不能因此即断定后来的宗教思想是怎样。世界民族，起初差不多都是生殖崇拜的，后来却会变化，从生殖崇拜可以变出高尚的宗教和艺术；而且在一方面看来，就是生殖崇拜自身，在它未曾堕落的时候，也不是没有它的美的。大家知道希腊的迭阿女索思祭（Dionysia），本为生殖崇拜之一相，后来的那伟大的戏剧却即由此而起。即在其初未经蜕变之时，如"布鲁达奇"（Plutarch）所说："昔者先民举行迭阿女索思之祭，仪式质朴而至欢愉，有行列，挈酒一瓶，或一树枝，或牵羊，或携柳筐，中贮无花果，而殿以生支（Phallos）"，固纯是原始的仪式，但见于艺术者，如许多陶器画上之肩菡萏的"狂女"（Mainades）以及发风露丑的"山精"（Satyroi），未始不是极有趣味的图像。我们可以把那些原始思想的表示作古文学古美术去欣赏，或作古文化研究的资料，但若根据了这个便去批评现代的文明，这方法是不大适用的。

其二是日本人看神话的方法，特别是对于《古事记》。日本自己有"神国"之称，又有万世一系的皇室，其国体与世界任何各国有异，日本人以为这就因为是神国的关系，而其证据则是《古事记》的传说。所以在有些经国家主义的教育家炼制成功的忠良臣民看来，《古事记》是一部"神典"，里边的童话似的记事都是神圣的，有如《旧约》之于基督教徒，因为这是证明天孙的降临的。关于邻国的事我们不能像《顺天时报》那样任情的说，所以不必去多讲它，但这总可以说明，我们觉得要把神话看作信史也是有点可笑的，至少不是正当的看法。十多年前日本帝国大学里还不准讲授神话学，当初我也不明白是什么缘故，后来看夏目漱石集中的日记，才知道因为日本是神国，讲神话学就有亵渎国体的嫌疑了。就这一件事，可以想见这种思想是多么有势力。可是近年来形势也改变了，神话学的著作出版渐多（虽然老是这两三个著者），连研究历史及文化的也吸收了这类知识，在古典研究上可以说起了一个革命。做有四大厚册（尚缺一册，未完成）《文学上国民思想之研究》的津田博士在《神代史研究》上说，《古事记》中所记的神代故事并不是实际经过的事实，乃是国民想象上的事实；后人见了万世一系的情形，想探究它的来源，于是编集种种传说，成为有系统的记载，以作说明。这个说法似乎很是简单，而且也是当然，但在以前便不能说（当然现在也有些人还不以为然），更不必说能保全文学博士的头衔了。人类学者鸟居博士新著《人类学上看来的我国上古文化》第一卷，引了东北亚洲各民族的现行宗教，来与古代日本相印证，颇有所发明。照他所讲的看来，神代纪上的宗教思想大抵是萨满教（Shamanism）的，与西伯利亚的鞑靼以及回部朝鲜都有共同之点。此于人类学上自是很有意义的佐证，但神典之威严却也不能没有动摇了。我说日本人容易看《古事记》的神话为史实，一方面却也有这样伟大之学术的进展，这一点是我们中国人不得不对着日本表示欣羡的了。

（对于万世一系的怀疑，在日本的学者中间并不是没有。好些年前有一个大学教授讲到进化，说即如日本的国体也要改变，因此就革了职，但我记不清这事的详情和他的姓名了。一九二一年九月的《东方时论》上登载法学博士青木彻二的一篇随笔，名曰 Zoku Seso Ibukashiki，译出来可以称作《续世事之离奇》，出版后即被政府禁止，据齐藤昌三的《近代文艺笔祸史》说："作者青木博士终以朝宪紊乱罪下狱，在这一年里大学助教授森户辰夫、帆足理一郎、野村隈畔等，或处徒刑，或处多大之罚金，学者之有名笔祸事件相继发生。"除森户外，别人的事件内容我都不很清楚，但青木博士的我还记得，虽然杂志是禁止没收了。他的犯罪也是因为对于万世一系的怀疑。他对访问的记者说明他的意思，他不满意于一般关于国体的说法，以为日本是与世界各国绝不相同的；他不愿意被人家看作一种猴子似的异于普通人类的东西，发愤要表明日本人也是人，也有人类同具的思想与希望，所以写那一篇文章，即因此得罪在所不惜。这种精神也值得佩服，虽然与现在所谈的神话问题无甚关系。）

《古事记》神话之学术的价值是无可疑的，但我们拿来当文艺看，也是颇有趣味的东西。日本人本来是艺术的国民，他的制作上有好些印度、中国影响的痕迹，却仍保有其独特的精彩；或者缺少庄严雄浑的空想，但其优美轻巧的地方也非远东的别民族所能及。他还有他自己的人情味，他的笔致都有一种润泽，不是干枯粗糙的，这使我最觉得有趣味。和辻哲郎著《日本古代文化》，关于这点说得很是明白，虽然他的举例多在《古事记》的后二卷，但就是在神话里也可以看出一点来。不过我的译文实在太是不行了，这在我还未动笔之先就早已明白的感到，所以走失了不少的神采。此刻只好暂时这样的将就，先发表出来，将来如有进步当再加校订吧。再见！

选自《周作人文类编·7·日本管窥》

# 日本的小诗

日本的诗歌在普通的意义上统可以称作小诗，但现在所说只是限于俳句，因只有十七个音，比三十一音的和歌要更短了。

日本古来曾有长歌，但是不很流行，平常通行的只是和歌。全歌凡三十一字，分为五七五七七共五段，这字数的限制是日本古歌上唯一的约束，此外更没有什么平仄或韵脚的规则。一首和歌由两人联句而成，称为"连歌"，或由数人联句，以百句五十句或三十六句为一篇。这第二种的连歌，古时常用作和歌的练习，有专门的连歌师教授这些技术。十六世纪初兴起一种新体，掺杂俗语，含有诙谐趣味，称作"俳谐连歌"，表面上仍系连歌的初步，不算作独立的一种诗歌，但是实际上已同和歌迥异，即为俳句的起源。连歌的第一句七五七三段，照例须咏入"季题"及用"切字"，即使不同下句相连也能具有独立的诗意，古来称作"发句"，本来虽是全歌的一部分，但是可以独立成诗，便和连歌分离成为俳句了。

日本的俳句从十六世纪到现在,这四百年中,大概可以说是经过四个变化。第一期在十六世纪,俳谐的祖师山崎宗鉴,"贞门"的松永贞德,"谈林"派的西山宗因(虽然时代略迟)是当时的代表人物。他们各有自己的派别,不过由我们看来,只是大同小异,诙谐的趣味,双关的语句,大概有相同的倾向。今抄录几句于下:

(1) 就是寒冷也别去烤火,雪的佛呀! （宗鉴）
(2) 风冷,破纸障的神无月①。
(3) 连那霞彩也是斑驳的,寅的年呵。 （贞德）
(4) 给他吮着养育起来罢,养花的雨②。
(5) 蚊柱呀,要是可削就给他一刨。 （宗因）

以上诸例都可以看出他们滑稽轻妙的俳谐的特色。但是专在文字上取巧,其结果不免常要弄巧成拙,所以后来落了窠臼,变成滥调了。

第二期的变化在十七世纪末,当日本的元禄时代,松尾芭蕉出来推翻了纤巧诙诡的俳谐句法,将俳句提高了,造成一种闲寂趣味的诗,在文艺上确定了位置,世称"正

---

① 相传十月中诸神悉集出云大社,故名神无月。此处取神与纸同音 Kami,双关障子上无纸也。
② 雨与饴同音 Ame,故云。

风"或"蕉风"的句,为俳句的正宗。芭蕉本来也是旧派俳人的门下,但是他后来觉得不满足;一天深夜里听见青蛙跳进池内的声响,忽然大悟,做了一句诗道:

(6) 古池呀——青蛙跳入水里的声音。

自此以后他就转换方向,离开了谐谑的旧道,致力于描写自然之美与神秘。他又全国行脚,实行孤寂的生活,使诗中长成了生命,一方面就受了许多门人,"蕉风"的句便统一了俳坛了。后人对于他这古池之句加上许多玄妙的解释,以为含蓄着宇宙人生的真理,其实未必如此,不过他听了水声,悟到自然中的诗境,为他改革俳句的动机,所以具有重大的意义罢了。诗歌本以传神为贵,重在暗示而不在明言,和歌特别简短,意思自更含蓄,至于更短的俳句,几乎意在言外,不容易说明了。小泉八云把日本诗歌比寺钟的一击,它的好处是在缕缕的幽玄的余韵在听者心中永续的波动。野口米次郎在《日本诗歌的精神》(《东方智慧丛书》内)上又将俳句比一口挂着的钟,本是沉寂无声的,要得有人去叩它一下,这才发出幽玄的响声来,所以诗只好算作一半,一半要凭读者的理会。这些话都很有道理,足以说明俳句的特点,但因此翻译也就极难了。现在选了可译的几首抄在下边以见芭蕉派之一斑:

(7) 枯枝上乌鸦的定集了，秋天的晚。　　（芭蕉）

(8) 多愁的我，尽使他寂寞罢，闲古鸟。

(9) 坟墓也动罢，我的哭声是秋的风。

(10) 病在旅中，梦里还在枯野中奔走。

芭蕉所提倡的句可以说是含有禅味的诗，虽然不必一定藏着什么圆融妙理，总之是充满着幽玄闲寂的趣味那是很明了的了。但是"蕉门十哲"过去了之后，俳坛又复沉寂下去，几乎回到以前的诙诡的境地里，于是"蕉风"的俳句到了十八世纪初也就告一结束了。

继芭蕉之后，振兴元禄俳句的人是天明年间的与谢芜村，当十八世纪后半，是为第三期的变化。芜村是个画家，这个影响也带到文艺上来，所以他一派的句可以说是含有画趣的诗。芭蕉的俳句未始没有画意，但多是淡墨的写意，芜村的却是彩色的细描了。他和芭蕉派在根本上没有什么差异，不过他将芭蕉派在搜集淡涩的景色的时候所留下的自然之鲜艳的材料也给收拾起来，加入画稿里罢了。他的诗句于丰富复杂之外，又多咏及人事，这也是元禄时代所未有，所以他虽说是复兴"蕉风"，其实却是推广，因为俳句因此又发展一步了。现在也举几句作一个例子：

（11）柳叶落了，泉水干了，石头处处。　　（芜村）

（12）四五人的上头月将落下的跳舞呵。

（13）易水上流着葱叶的寒冷呀。

俳句第四期的变化起于明治年间，即十九世纪后半。那时候元禄天明的余风流韵早已不存，俳人大抵为小主观所拘囚，仍复作那纤巧诙谐的句当作消遣。正冈子规出来竭力的排斥这派的风气，提倡客观的描写，适值自然主义的文学流入日本，也就供给了好些资料，助成他的"写生"的主张。他据了《日本新闻》鼓吹正风，攻击俗俳，一时势力甚盛，世称"日本派"俳句，又因子规住在根岸，亦称"根岸派"。他的意见大半仍与古人一致，但是根据新的学说将俳句当作文学看待，一变以前俳人的态度，不愧为一种改革。他的诗偏重客观的写生以及题材的配合，这可以说是他的本领，虽然也曾做有各体的诗句：

（14）荼蘼的花（对着）一闲涂漆的书几①。

（子规）

（15）蜂窝的子，化成黄蜂的缓慢呵。

（16）等着风暴的胡枝子的景色，花开的晚呵。

---

① 书几糊纸，上再涂漆，系一闲创始，故名。

以上四期的俳句变化，差不多已将隐遁思想与洒脱趣味合成的诗境推广到绝点，再没有什么发展的余地了。子规门下的河东碧梧桐创为"新倾向句"，于是俳句上起了极大的革命，世论纷纭，至今不决。或者以为这样剧烈的改变将使俳句丧失其固有的生命，因为俳句终是"芭蕉的文学"，而这新倾向却不能与芭蕉的精神一致；这句话或者也有理由，但是倘若俳句真是只以闲寂温雅为生命，那么即使不遭破坏，尽是依样葫芦的画下去也要有寿终的日子，新派想变换方向，吹入新的生命，未始不是适当的办法，虽然将来的结果不能预告知道。新倾向句多用"字余"，便是增减字的句子，在古来的诗里本也许可，现在却更自由罢了；其更重要的地方就在所谓"无中心"。俳句向来最重"季题"，与"切字"同为根本条件之一，后来落了窠臼，四时物色都含了一种抽象的意义，俳人作句必以这意义为中心，借了自然去表现它出来，于是这诗趣便变了因袭的，没有个性的痕迹了。新派并不排斥季题，但不当它是诗里的中心，只算是事相中的一个配景，而且又抛弃了旧时的成见与联想，别用新的眼光与手法去观察抒写，所以成为一种新奇的句，与以前的俳句很有不同了：

(17) 运着饮水的月夜的渔村。　　　　　（碧梧桐）

(18) 雁叫了，帆上一面的红的月光。　（云桂楼）
(19) 短夜呵，急忙回转的北斗星。　　（寒山）
(20) 许多声音呼着晚潮的贝类呀，春天的风。

（八重樱）

　　传统的文学，作法与读法几乎都有既定的途径，所以一方面虽然容易堕入因袭，一方面也觉得容易领解。至于新兴的流派便没有这个方便，新倾向句之被人说晦涩难懂就为这个缘故。我们俳道的门外汉本来没有什么成见，但也觉得很不易懂，这不能不算是一个缺点，因此这短诗形是否适于表现那些新奇复杂的事物终于成为问题了。

　　上边所说俳句变化的大略，不能算是文学史的叙述，我们只想就这里边归纳起来，提出几点来说一说。

　　第一，是诗的形式的问题。古代希腊诗铭（Epigrammata）里尽有两行的诗，中国的绝句也只有二十个字，但是像俳句这样短的却未尝有；还有一层，别国的短诗只是短小而非简省，俳句则往往利用特有的助词，寥寥数语，在文法上不成全句而自有言外之意，这更是它的特色。法国麦拉耳默（Mallarme）曾说，作诗只可说到七分，其余的三分应该由读者自己去补足，分享创作之乐，才能了解诗的真味。照这样说来，这短诗形确是很好的，但是却又是极难的，因为寥寥数语里容易把浅的意思说尽，深的又说不够。

日本文史家论俳句发达的原因，或谓由于爱好幺小的事物，或谓由于喜滑稽，但是由于言语之说最为近似。

单音而缺乏文法变化的中国语，正与它相反，所以译述或拟作这种诗句，事实上最为困难——虽然未必比欧洲为甚。然而影响也未始是不可能的事，如现代法国便有作俳谐诗的诗人，因为这样小诗颇适于抒写刹那的印象，正是现代人的一种需要，至于影响只是及于形式，不必定有闲寂的精神，更不必固执十七字及其他的规则，那是可以不必说的了。中国近来盛行的小诗虽然还不能说有什么很好的成绩，我觉得也正不妨试验下去；现在我们没有再作绝句的兴致，这样俳句式的小诗恰好来补这缺，供我们发表刹那的感兴之用。

第二，是诗的性质问题。小泉八云曾在他的论文《诗片》内说，"诗歌在日本同空气一样的普遍。无论什么人都感得能读能作。不但如此，到处还耳朵里都听见，眼睛里都看见"。这几句话固然不能说是虚假，但我们也不能承认俳句是平民的文学。理想的俳谐生活，去私欲而游于自然之美，"从造化友四时"的风雅之道，并不是为万人而说，也不是万人所能理会的。蕉门高弟去来说，"俳谐求协万人易，求协一人难。倘是为他人的俳谐，则不如无之为愈。"

真的俳道是以生活为艺术，虽于为己之中可以兼有对于世间的贡献，但绝不肯曲了自己去迎合群众。社会中对于俳句的爱好不可谓不深，但那些都只是因袭的俗俳，正是芭蕉、芜村、子规诸大师所排斥的东西，所以民众可以有诗趣，却不能评鉴诗的真价。芜村在《春泥集》序上说，"画家有去俗论，曰画去俗无他法，多读书，则书卷之气上升而市俗之气下降矣，学者其慎旃哉。（上四句原本系汉文）夫画之去俗亦在投笔读书而已，况诗与俳谐乎？"在他看来，艺术上最嫌忌者是市俗之气，即子规所攻击的所谓"月并"①，就是因袭的陈套的着想与表现，并不是不经见的新奇粗卤的说法。俳句多用俗语，但自能化成好诗，芜村说，"用俗而离俗"，正是绝妙的话，因为固执的用雅语也便是一种俗气了。在现今除了因袭外别无理解想象的社会上，想建设人己皆协的艺术终是不能实现的幻想，无论任何形式的真的诗人，到底是少数精神上的贤人，——倘若讳说是贵族。

第三，是诗形与内容的问题。我们知道文艺的形式与内容有极大的关系，那么在短小的俳句上当然有它独自的作用与范围。俳句是静物的画，向来多只是写景，或者即景寄情，几乎没有纯粹抒情的，更没有叙事的了。元禄时代的闲寂趣味，很有泛神思想，但又是出世的或可以说是

---

① 月并（Tsukinami）原意每月，旧派俳人每月开会作句，人称陈腐之句为"月并发句"，从而引申为凡俗之通称。

养生的态度，诗中之情只是寂寞悲哀的一方面，不曾谈到恋爱；天明绚烂的诗句里多咏入人事，不过这古典主义的复兴仍是与现实相隔离，从梦幻的诗境里取出理想之美来，不曾真实的注入自己的情绪；明治年间的客观描写的提倡更是显而易见的一种古典运动，大家知道写实是古典主义之一分子。总而言之，俳句经了这几次变化，运用的范围逐渐推广，但是于表现浪漫的情思终于未能办到，新倾向句派想做这一步的事业，也还未能成功。俳句十七字太重压缩，又其语势适于咏叹沉思，所以造成了它独特的历史，以后尽有发展，也未必能超逸这个范围，兼作和歌及新诗的效用罢。

日本诗人如与谢野晶子、内藤鸣雪等都以为各种诗形自有一定的范围，诗人可以依了他的感兴，拣择适宜的形式拿来应用，不至有牵强的弊，并不以某种诗形为唯一的表现实感的工具，意见很是不错。现在的错误，是在于分工太专，诗歌俳句，都当作专门的事业，想把人生的复杂反应装在一定某种诗形内，于是不免生出许多勉强的事情来了。中国新诗坛里也常有这样的事，做长诗的人轻视短诗，做短诗的又想用它包括一切，未免如叶圣陶先生所说有"先存体裁的观念而诗料却随后来到"的弊病，其实这都是不自然的。俳句在日本虽是旧诗，有它特别的限制，中国原不能依样的拟作，但是这多含蓄的一两行的诗形也足备新诗之一体，去装某种轻妙的诗思，未始无用。或者有人说，中国的小诗原只是绝句的变体，或说和歌俳句都是绝句的变体，受它影响的小诗又是绝句的逆输入罢了。这些话即使都是对的，我也觉得没有什么关系，我们只要真是需要这种短诗形，便于表现我们特种的感兴，那便是好的，此外什么都不成问题。

正式的俳句研究是一种专门学问，不是我的微力所能及，但是因为个人的兴趣所在，枝枝节节的略为叙说，而且觉得于中国新诗也不无关系，这也就尽足为我的好事的（dilettante）闲谈的辩解了罢。

（一九二三年三月）

选自《周作人文类编·7·日本管窥》

## 《歌咏儿童的文学》

高岛平三郎编，竹久梦二画的《歌咏儿童的文学》，在一九一〇年出版，插在书架上已经有十年以上了，近日取出翻阅，觉得仍有新鲜的趣味。全书分作六编，从日本的短歌俳句川柳俗谣俚谚随笔中辑录关于儿童的文章，一方面正如编者的本意，足以考见古今人对于儿童的心情，一方面也是一卷极好的儿童诗选集。梦二的十六叶着色插画，照例用那梦二式的柔软的笔致写儿童生活的小景，虽没有《梦二画集》的那种艳冶，却另外加上一种天真，也是书中的特彩之一。

编者在序里颇叹息日本儿童诗的缺乏，虽然六编中包含着不少的诗文，比中国已经很多了。如歌人大隈言道在《草径集》，俳人小林一茶在《俳句集》及《俺的春天》里多有很好的儿童诗，中国就很难寻到适例，我们平常记忆所及的诗句里不过"闲看儿童捉柳花"或"稚子敲针作钓钩"之类罢了；陶渊明的《责子诗》要算是最好，因为最是真情流露，虽然戴着一个达观的面具。高岛氏说，"我想我国之缺乏西洋风的儿童文学,与支那之所以缺乏,其理由不同。在支那不重视儿童,又因诗歌的性质上只以风流为主,所以歌咏儿童的事便很稀少,但在我国则因为过于爱儿童,所以要把他从实感里抽象出来也就不容易了。支那文学于我国甚有影响,因了支那风的思想及诗歌的性质上,缺少歌咏儿童的事当然也是有的;但是这个影响在和歌与俳句上觉得并不很大。"我想这一节话颇有道理,中国缺乏儿童的诗,由于对于儿童及文学的观念的陈旧,非改变态度以后不会有这种文学发生,即使现在似乎也还不是这个时候。据何德兰在《孺子歌图》序上说北京歌谣中《小宝贝》和《小胖子》诸篇可以算是表现对于儿童之爱的佳作,但是意识的文艺作品就极少了。

日本歌咏儿童的文章不但在和歌俳句中很多,便是散文的随笔里也不少这一类的东西。其中最早的是清少纳言所著的《枕之草纸》,原书成于十世纪末,大约在中国宋太宗末年,共分一百六十余段,列举胜地名物及可喜可憎之事,略似李义山《杂纂》,但叙述较详,又多记宫廷琐事,而且在机警之中仍留存着女性的优婉纤细的情趣,所以独具一种特色。第七十二段系记"可爱的事物"者,其中几行说及儿童之美,是歌咏儿童的文学的标本,今将原文全译于后:

瓜子脸的小孩。(按此句意义依注释本)

人们咪咪的叫唤起来,小雀儿便一跳一跳的走来;又〔在他的嘴上〕戏涂上胭脂,老雀儿拿了虫来给他放在嘴里,看了很是可爱。

三岁左右的小孩急急忙忙的走来,路上有极小的尘埃,被他很明敏的看见,用了可爱的手指撮着,拿来给大人们看,也是极可爱的。

留着沙弥发的小孩,头发披在眼睛上边来了也并不拂开,只微微的侧着头去看东西,很是可爱。

交叉系着的裳带的上部,白而且美丽,看了也觉得可爱。又还不很大的殿上,童装束着在那里行走,也是可爱的。

可爱的小孩暂时抱来戏弄,却驯习了,随即睡着,这是极可爱的。

雏祭的器具。

从池中拿起极小的荷叶来看,又葵叶之极小者,也很可爱。——无论什么,凡是细小的都可爱。

肥壮的两岁左右的小孩,白而且美丽,穿着二蓝的罗衣,衣服很长,用带子束高了,爬着出来,极是可爱。

八九岁的男孩用了幼稚的声音念书,很可爱。

长脚,白色美丽的鸡雏,仿佛穿着短衣的样子,喈喈的很喧扰的叫着，跟在人家的后面，或是同着母亲走路，看了都很可爱。

鸭蛋。（依注释本）

舍利瓶。

瞿麦花。

关于清少纳言的事，《大日本史》里有一篇简略的列传，今抄在后边，原文系古汉文体，亦仍其旧。

清少纳言为肥后守清原元辅之女，有才学，与紫式部齐名。一条帝（987—1011）时，仕于皇后定子，甚受眷遇，皇后雪后顾左右曰，香炉峰之雪当如何？少纳言即起搴帘，时人叹其敏捷。皇后特嘉其才华，欲奏请为内侍，会藤原伊周（按即皇后之兄）等被流窜，不果。老而家居，屋宇甚陋。郎署年少见其贫窭而悯笑之，少纳自帘中呼曰，不闻有买骏马之骨者，笑者惭而去。著《枕之草纸》，行于世。

选自《周作人文类编·7·日本管窥》

# 儿童的世界[1]

儿童是未长成的大人么？还是同大人有别，独自住于别个世界里的么？——这个问题从学问上讲来，可以说是已有定论了。即如那刑法学者列斯忒非议加于儿童的刑罚，以为儿童占有着独自的世界，因此将加于大人的刑罚等，照样的加于儿童，不是合理的议论；这一件事也可以当作〔上边所说的〕定论的一个表现。

儿童绝不是未成熟未长成的大人，正如女人不是未成熟未长成的男人一样。儿童与大人，恰似女人与男人的关系，立于相对的地位。他们各自占有着别个的独自的世界。这个世界里自然有或一程度的相互理解之可能性，但或一程度的理解之不可能确也存在。仿佛男女之间有不绝的谜一般，在儿童与大人之间，也存着不绝的谜。

我曾在高岛米峰或是这一类的人的书里，看见一节话。在东京的一个小学校里通学的儿童，有一天从学校回家，

---

[1] 日本柳泽健原作。

急忙的很正经的告诉父母道,"今天登了富士山来了。"从这个实例想起来,倘若依了大人的世界的判断,这个儿童确是说了可耻的诳话了;但是——原书的著者也这样说——儿童绝不将这句话当作诳话。儿童在他的确信里,确是登了富士山了。在儿童的世界里,东京小学校通学的途中攀登富士山的事,绝不成为可能或不可能的问题。这两个世界的差异,——或是谜,——实在是这样的根本的〔不同的〕。

今年二月中旬,在姬路左近加古川镇当小学教师的糟谷信司君,特地来访我,又将他的学生们所作的许多诗歌拿给我看。我一面听着他的说明,将诗一篇一篇的读下去。在素朴,或真情流露,或天真烂漫等的意味以外,我的心里觉得有一种大人所没有的世界的情景,很明显的现出来了。这许多的诗与歌,真是儿童的世界里所独具的色彩、音响与光线。我从这里边且抽出几首来。

#### 雨

今天早上天阴了,雨下了。
才下了,雨又停住在松树上边,
闪闪的落了下去,
一刹间,〔钻到〕沙里边去了。
掘起来看时,——

什么都没有。

### 梦

晚上做了一个梦,海燕呀,

深红的脚的海燕。

或者来了罢,沙山外

出去看时,只是风呀,

只是拂林的风,

纯青的,纯青的

只是冬天的天空。

### 金边眼镜

金呵金呵,

发光的金边眼镜,

什么人戴了,

都会发光。

金呵金呵,发光的金边眼镜。

### 婴儿

从肚皮里噗的〔落地〕,

呱,呱,呱。

乳汁什么,

想喝一口呀！

## 萝卜

被挂在屋檐下，
孤零零的，
萝卜，寂寞的晒干萝卜。
明天以后
要变成小菜了。

## 冰

冰呵冰呵，冷呀，
我的身体是温的，
我的身体是白的，
你的身体里有垃圾。

## 雨天

雨接连的下，
不断的接连的下，
只是雨下着，
晴天总不来。

这些诗都是初等小学三四年级的儿童所做。我们倾听着这些纯真之声的时候，不同的感到一种近于虔敬之念的深的感动，觉得在大人的世界里所不能有的美与力，正从那里放射出来。

许多的人现在将不复踌躇，承认女人与男人的世界的差异，又承认将长久隶属于男人治下的女人解放出来，使返于伊们本然的地位，是最重要的文化运动之一。但是这件事，对于儿童岂不也是一样应该做的么？近代的文明实在只是从女人除外的男人的世界所成立，而这男人的世界又只是从儿童除外的大人的世界所成立的。

现在这古文明正放在试炼之上了。女人的解放与儿童的解放，——这二重的解放，岂不是非从试炼之中产生出来不可么？

大人的世界与儿童的世界的对立，从这事实说来，大人在本质上不能再还原为儿童，是当然的了。所以如北原白秋说明他做童谣时的用心，说完全变成了儿童的心而做歌这样的话，也只可看作一种绮语罢了。大人所见的儿童的世界必不会是儿童所见的儿童的世界。这样的纯粹的儿童的世界的事情，只一切交与儿童的睿智与灵性便好了；大人没有阑入其间的必要，也没有这个资格。大人对于儿童应做的事，并不是去完全变成儿童，却在于生出在儿童的世界与大人的世界的那边的"第三之世界"。

童谣，与一切的别的诗一样，有生出那边的世界的债务。如不能感到这个债务,童谣这样的东西,不能说是以艺术家自任的人们的所可染指的工作。

这一篇是从论文集《现代的诗与诗人》(一九二〇)中译出的,题下原注"论童谣"一行小字,但他实在只说诗人的童谣,未及童谣的全体。大抵在儿童文学上有两种方向不同的错误:一是太教育的,即偏于教训;一是太艺术的,即偏于玄美。教育家的主张多属前者,诗人多属后者;其实两者都是不对,因为他们都不承认儿童的世界。这篇小文里很有许多精当的话,可以供欲做儿歌者参考。柳泽生于一八八八年,原是法学士,但又是一个诗人。

(一九二一年十一月二十五日附记)

选自《周作人文类编·5·上下身》

## 《远野物语》

《远野物语》，日本柳田国男著，明治四十三年（一九一〇）出版，共刊行三百五十部，我所有的系二九一号。其自序云：

此中所记悉从远野乡人佐佐木镜石君听来，明治四十二年二月以来，晚间常来过访，说诸故事，因笔记之。镜石君虽非健谈者，乃诚实人也，余亦不加减一句一字，但直书所感而已。窃思远野乡中此类故事当犹有数百件存在，我辈切望能多多听到。国内山村有比远野更幽深者，当又有无数的山神山人之传说，愿有人传述之，使平地的人闻而战栗。如此书者，盖陈胜吴广耳。

去年八月之末余游于远野乡。从花卷行十馀里（按日本一里约当中国六七里），凡有官站三，其他唯青山与原野，人烟稀少甚于北海道石狩之平野，或以新开路故，人民之来就者少乎？远野市中则烟花之巷也。余借马于驿亭主人,独巡郊外各村,其马以黑色海草为荐披身上,虻多故也。猿石之溪谷土甚肥,已开拓完善。路旁多石塔,诸国不知其比。自高处展望,早稻正熟,晚稻花盛开,水悉落而归于川。稻之色因种类而各异,有田或三或四或五相连续,稻色相同者,即属于一家之田,盖所谓名所相同也。小于坐落地名之土名,非田主不之知,唯常见于古旧的卖买让与的田契上。越附马牛之谷,早地峰之山隐约可见,山形如草笠,又似字母之ヘ字。此谷中稻熟较迟,满目一色青绿。在田间细道上行,有不知名之鸟,率其雏横过,雏色黑中杂白羽,初以为是小鸡,后隐沟草中不复见,乃知是野鸟。天神之山有祭赛,有狮子舞。于兹鞠尘轻扬,有红物飘翻,与一村之绿相映。狮子舞者,鹿之舞也,戴面具上着鹿角,童子五六人,拔剑与之共舞,笛音高而歌声低,虽在侧亦难闻其词。日斜风吹,醉而呼人者之声亦复萧寂,虽女笑儿奔,而旅愁犹复无可奈何。盂兰盆节,有新佛之家率高揭红白之旗以招魂,山头马上东西指点,此旗凡有十许。村人将去其永住之地者,旅人暂来寄宿者,及彼悠悠之灵山,黄昏徐来,悉包容尽之。在远野有观音堂八所,以一木所做也。此日多报赛之徒,冈上见灯火,闻撞钟之音。隔路草丛中有雨风祭之稻草人,恰如倦人之仰卧焉。此为余游远野所得之印象也。

　　窃惟此类书物至少总非现代之流行，无论印刷如何容易，刊行此书，以自己的狭隘的趣味强迫他人，恐或有人将评为胡乱行为。敢答之曰，闻如此故事，见如此土地来后，而不想转语他人者，果有其人乎？如此沉默而且谨慎的人，至少在我友人中不曾有也。如九百年前之先辈如《今昔物语》者在当时已为古昔之谈，此则与之相反，乃是目前之事情也。即使敬虔之意与诚实之态度或未能声言逾越先哲，唯不曾多经人耳，亦少借他人之口与笔，彼淡泊天真之大纳言君却反值得来听耳（案平安朝末大纳言源隆国搜集古今传说，成书三十一卷，名《今昔物语集》，行于世）。至于近世御伽百物语之徒，其志既陋，且不能确信其言之非妄，窃耻与之比邻。要之此书系现在之事实，余相信即此已足为其正大的存在理由矣。唯镜石君年仅二十四五，余亦只忝长十岁已耳，生于事业尽多之今世，乃不辨问题之大小，用力失其当，将有如是言者则若之何？如明神山之角鸱，太尖竖其耳，太圆瞪其目，将有如是责者则又若之何？吁，无可奈何矣，此责任则唯余应负之也。

**按下一首系短歌，今译其大意：**

老人家似的，不飞亦不鸣的，远方的树林中的猫头鹰，或者要笑罢！

《远野物语》一卷，计一百十九则，凡地势时令，风俗信仰，花木鸟兽，悉有记述，关于家神、山人、狼狐猿猴之怪等事为尤详，在出版当时洵为独一无二之作，即在以后，可与竞爽者亦殊不多，盖昔时笔记以传奇志怪为目的者，大抵有姑妄言之的毛病，缺少学术价值，现代的著述中这一点可以无虞，而能兼有文章之美如柳田氏的却又不能多见。今摘译其第四十九节以下四则：

仙人岭上山十五里，下山十五里（原注，此系小里，按即等于中国里数）。其间有堂祀仙人，古来习惯，旅客在此山中遇怪异事，辄题记此堂壁上。例如曰，余越后人也，某月某日之夜，在山路上遇见少女被发者，顾我而笑，是也。又或记在此处为猿所戏弄，或遇盗三人等事。

死助山中有郭公花，即在远野亦视为珍异之花也。五月中闲古鸟（按即郭公鸡）啼时，妇人小儿入山采之。浸醋中则成紫色，入口中吹之以为戏，如酸浆然。采取此花，为青年人最大之游乐也。

山中虽有各种鸟栖止，其声最凄寂者恶朵鸟也。夏夜间啼，从海滨大槌来的赶马脚夫云过岭即遥闻其声在深谷中。传闻昔时长者有一女，与又一长者之子相亲，入山游玩而男子忽失踪，探求至暮夜卒不能得，遂化为此鸟。鸣曰恶东恶东者，即云恶朵（按意云夫）也。鸣声末尾微弱，甚为凄婉。

赶马鸟似杜鹃而稍大，羽毛赤而带茶色，肩有条纹如马缰，胸前有斑，似马口网袋。人云此鸟本系某长者家仆人，入山放马，将归家忽失一马，终夜求之不见，遂化为鸟，啼曰阿呵阿呵者，此乡呼野中群马之声也。有时此鸟来村中啼，为饥馑之先兆，平时住深山中，常闻其啼声。

又第一〇九节记雨风祭云：

中元前后有雨风祭，以稻草为人形，大于常人，送至歧路，使立道旁，用纸画面目，以瓜作为阴阳之形附之。虫祭之稻草人无此等事，其形亦较小。雨风祭之时，先在一部落择定头家，乡人聚而饮酒，随以笛鼓同送之至于路歧。笛之中有桐木所制之法螺，高声吹之。其时有歌曰："祭祀二百十日的风雨呵，向哪方祭？向北方祭呀。"

（按立春后第二百十日为二百十日节，常有风暴，正值稻开花，农家甚以为苦，故祭以禳之。）

《远野物语》给我的印象很深，除文章外，它又指示我民俗学里的丰富的趣味。那时日本虽然大学里有了坪井正五郎的人类学讲座，民间有高木敏雄的神话学研究，但民俗学方面还很销沉，这实在是柳田氏，使这种学问发达起来，虽然不知怎地他不称民俗学而始终称为"乡土研究"。一九一〇年五月柳田氏刊行《石神问答》，系三十四封往复的信，讨论乡村里所奉祀的神道的，六月刊行《远野物语》，这两本书虽说只是民俗学界的陈胜吴广，实际却是奠定了这种学术的基础，因为他不只是文献上的排比推测，乃是从实际的民间生活下手，有一种清新的活力，自然能够鼓舞人的兴趣起来。一九一三年三月柳田氏与高木敏雄共任编辑，发行《乡土研究》月刊，这个运动于是正式开始。其时有石桥卧波联络许多名流学者，组织民俗学会，发行季刊，可是内容似乎不大充实，石桥所著有关于历、镜、厄年、梦、鬼等书，我也都买得，不过终觉得不很得要领，或者这是偏重文献之故也说不定罢。高木一面也参加民俗学会，后来又仿佛有什么意见似的不大管事，所以《乡土研究》差不多可以说是柳田一人的工作。但是这种事业大约也难以久持，据说读者始终只有六百余名，到了出满四卷，遂于一九一七年春间宣告停刊了。不过月刊虽停，乡土研究社还是存在，仍旧刊行关于这方面的著述，以至今日，据我所知道计有《乡土研究社丛书》五种，《炉边丛书》约四十种。

柳田氏系法学士，东京大学法科出身，所著有关于农政及铜之用途等书。唯其后专心于乡土研究，此类书籍为我所有者有下列十种：

《石神问答》（一九一〇）。

《远野物语》（同）。

《山岛民谭集》一（甲寅丛书，一九一四），内计《河童牵马》及《马蹄石》二项，印行五百部，现已绝版，第二集未刊。

《乡土志论》（炉边丛书，一九二二）。

《祭礼与世间》（同）。

《海南小记》（一九二五），记琉球各岛事。

《山中之人生》（乡土研究社丛书，一九二六），记述山人之传说与事实，拟议山中原有此种住民，以待调查证明。

《雪国之春》（一九二八），记日本东北之游。

《民谣之今昔》（民俗艺术丛书，一九二九）。

《蜗牛考》（语言志丛刊，一九二九）。

柳田氏治学朴质无华，而文笔精美，令人喜读，同辈中有早川孝太郎差可相拟。早川氏著有《三州横山话》（炉边丛书）、《野猪与鹿与狸》（乡土研究社丛书），也都写得很好，因为著者系画家，故观察与描写都甚细密也。

〔附记〕以上所说只是我个人的印象，在民俗学的价值上文章别无关系，那是当然的事。英国哈同教授（A. C. Haddon）在《人类学史》末章说，"人类的体质方面的研究早由熟练的科学家着手，而文化方面的人类历史乃大都由文人从事考查，他们从各种不同方向研究此问题，又因缺少实验经历，或由于天性信赖文献的证据，故对于其所用的典据常不能选择精密。"这种情形在西洋尚难免，日本可无论了，大抵科学家看不起这类工作，而注意及此的又多是缺少科学训练的文科方面的人，实在也是无可如何。但在日本新兴的乡土研究上，柳田氏的开荒辟地的功的确不小，即此也就足使我们佩服的了。

（二十年十一月十七日）

选自《周作人文类编·7·日本管窥》

## 《东京散策记》

前几天从东京旧书店买到一本书，觉得非常喜欢，虽然原来只是很普通的一卷随笔。这是永井荷风所著的《日和下驮》，一名《东京散策记》，内共十一篇，从大正三年夏起陆续在《三田文学》月刊上发表，次年冬印成单行本，以后收入《明治大正文学全集》及《春阳堂文库》中，现在极容易买到的。但是我所得的乃是初版原本，虽然那两种翻印本我也都有，文章也已读过，不知怎的却总觉得原本可喜。铅印洋纸的旧书本来难得有什么可爱处，有十七幅胶版的插画也不见得可作为理由，勉强说来只是书品好罢。此外或者还有一点感情的关系，这比别的理由都重要，便是一点儿故旧之谊，改订缩印的书虽然看了便利，却缺少一种亲密的感觉。说读书要讲究这些未免是奢侈，那也可以说，不过这又与玩古董的买旧书不同，因为我们既不要宋本或季沧苇的印，也不能出大价钱也。《日和下驮》出版于大正四年（一九一五），正是二十年前，绝版已久，所以成了珍本，定价金一圆，现在却加了一倍，幸而近来汇兑颇低,只要银一元半就成了。

永井荷风最初以小说得名,但小说我是不大喜欢的,我读荷风的作品大抵都是散文笔记,如《荷风杂稿》、《荷风随笔》、《下谷丛话》、《日和下驮》与《江户艺术论》等。《下谷丛话》是森鸥外的《伊泽兰轩传》一派的传记文学,讲他的外祖父鹫津毅堂的一生以及他同时的师友,我读了很感兴趣,其第十九章中引有大沼枕山的绝句,我还因此去搜求了《枕山诗钞》来读。随笔各篇都有很好的文章,我所最喜欢的却是《日和下驮》。《日和下驮》这部书如副题所示是东京市中散步的记事,内分日和下驮、淫祠、树、地图、寺、水附渡船、露地、闲地、崖、坂、夕阳附富士眺望等十一篇。"日和下驮"(Hiyori-geta)本是木屐之一种,意云晴天屐,普通的木屐两齿幅宽,全屐用一木雕成,日和下驮的齿是用竹片另外嵌上去的,趾前有覆,便于践泥水,所以虽称曰晴天屐而实乃晴雨双用屐也。为什么用作书名,第一篇的发端说得很明白:

> 长的个儿本来比平常人高,我又老是穿着日和下驮拿着蝙蝠伞走路。无论是怎么好晴天,没有日和下驮与蝙蝠伞总不放心,这是因为对于通年多湿的东京天气全然没有信用的缘故。容易变的是男子的心与秋天的天气,此外还有上头的政事,这也未必一定就只

如此。春天看花时节,午前的晴天到了午后二三时必定刮起风来,否则从傍晚就得下雨。梅雨期间可以不必说了,入伏以后更不能预料什么时候有没有骤雨会沛然下来。

因为穿了日和下驮去凭吊东京的名胜,故即以名篇,也即以为全书的名称。荷风住纽约巴黎甚久,深通法兰西文学,写此文时又才三十六岁,可是对于本国的政治与文化其态度非常消极,几乎表示极端的憎恶。在前一年所写的《江户艺术论》中说得很明白,如《浮世绘的鉴赏》第三节云:

在油画的色里有着强的意味,有着主张,能表示出制作者的精神。与这正相反,假如在木板画的瞌睡似的色彩里也有制作者的精神,那么只是专制时代萎靡的人心之反映而已。这暗示出那样暗黑时代的恐怖与悲哀与疲劳,在这一点上我觉得正如闻娼妇啜泣的微声,深不能忘记那悲苦无告的色调。我与现社会相接触,常见强者之极其横暴而感到义愤的时候,想起这无告的色彩之美,因了潜存的哀诉的旋律而将暗黑的过去再现出来,我忽然了解东洋固有的专制的精神之为何,深悟空言正义之不免为愚了。希腊美术发生于以亚坡隆为神的国土,浮世绘则由与虫豸同样的平民之手制作于日光晒不到的小胡同的杂院里。现在虽云时代全已变革，要之只是外观罢了。若以合理的眼光一看破其外皮，则武断政治的精神与百年以前毫无所异。江户木板画之悲哀的色彩至今全无时间的间隔，深深沁入我们的胸底，常传亲密的私语者，盖非偶然也。

在《日和下驮》第一篇中有同样的意思，不过说得稍为和婉：

但是我所喜欢曳屐走到的东京市中的废址，大抵单是平凡的景色，只令我个人感到兴趣，却不容易说明其特征的。例如一边为炮兵工厂的砖墙所限的小石川的富坂刚要走完的地方，在左侧有一条沟渠。沿着这水流，向着蒟蒻阎魔去的一个小胡同，即是一例。两旁的房屋都很低，路也随便弯来弯去，洋油漆的招牌以及仿洋式的玻璃门等一家都没有，除却有时飘着冰店的旗子以外，小胡同的眺望没有一点什么色彩，住家就只是那些裁缝店烤白薯店粗点心店灯笼店等，营着从前的职业勉强度日的人家。我在新开路的住家门口常看见堂皇地挂着些什么商会什么事务所的木牌，莫名其妙地总对于新时代的这种企业引起不安之念，又对于那些主谋者的人物很感到危险。倒是在这样贫穷的小胡同里营着从前的职业穷苦度日的老人们，我见了在同情与悲哀之上还不禁起尊敬之念。同时又想到这样人家的独养女儿或者会成了介绍所的饵食，现今在什么地方当艺伎也说不定，于是照例想起日本固有的忠孝思想与人身卖买的习惯之关系，再下去是这结果所及于现代社会之影响等，想进种种复杂的事情里边去了。

本文十篇都可读，但篇幅太长，其《淫祠》一篇最短，与民俗相关亦很有趣，今录于后：

往小胡同去罢，走横街去罢。这样我喜欢走的，格拉格拉地拖着晴天屐走去的里街，那里一定会有淫祠。淫祠从古至今一直没有受过政府的庇护。宽大地看过去，让它在那里，这已经很好了，弄得不好就要被拆掉。可是虽然如此现今东京市中淫祠还是数不清地那么多。我喜欢淫祠。给小胡同的风景添点情趣，淫祠要远在铜像之上有审美的价值。本所深川一带河流的桥畔，麻布芝区的极陡的坡下，或是繁华的街的库房之间，多寺院的后街的拐角，立着小小的祠以及不蔽风雨的石地藏，至今也还必定有人来挂上还愿的匾额和奉献的手巾，有时又有人来上香的。现代教育无论怎样努力想把日本人弄得更新更狡猾，可是至今一部分的愚昧的民心也终于没有能够夺去。在路旁的淫祠许愿祈祷，在破损的地藏尊的脖上来挂围巾的人们，或者卖女儿去当艺伎也未可知，自己去做侠盗也未可知，专梦想着银会和彩票的侥幸也未可知。不过他们不会把别人的私行投到报纸上去揭发以图报复，或借了正义人道的名来敲竹杠迫害人，这些文明的武器的使用法他们总是不知道的。

淫祠在其缘起及灵验上大抵总有荒唐无稽的事，这也使它带有一种滑稽之趣。

对那欢喜天要供油炸的馍头，对大黑天用双叉的萝卜，对稻荷神献奉油豆腐，这是谁都知道的事。芝区日荫町有供鲭鱼的稻荷神。在驹入地方又有献上砂锅的砂锅地藏，祈祷医治头痛，病好了去还愿，便把一个砂锅放在地藏菩萨的头上。御厩河岸的榧寺里有医好牙痛的吃糖地藏。金龙山的庙内则有供盐的盐地藏。在小石川富坂的源觉寺的阎魔王是供蒟蒻的。对于大久保百人町的鬼王则供豆腐，以为治好疥疮的谢礼。向岛弘福寺里的有所谓石头的老婆婆，人家供炒蚕豆，求她医治小孩的百日咳。

天真烂漫的而又那么陋鄙的此等愚民的习惯，正如看那社庙滑稽戏和丑男子舞,以及猜谜似的那还愿的匾额上的拙稚的绘画,常常无限地使我的心感到慰安。这并不单是说好玩。在那道理上议论上都无可说的荒唐可笑的地方,细细地想时却正感着一种悲哀似的莫名其妙的心情也。

关于民俗说来太繁且不作注,单就蒟蒻阎魔所爱吃的东西说明一点罢。蒟蒻是一种天南星科的植物,其根可食,五代时源顺撰《和名类聚抄》卷九引《文选·蜀都赋注》云:"蒟蒻,其根肥白,以灰汁煮则凝成,以苦酒淹食之,蜀人珍焉。"《本草纲目》卷十六叙其制法甚详,云:"经二年者根大如碗及芋魁,其外理白,味亦麻人,秋后采根,须净擦或捣或片段,以酽灰汁煮十馀沸,以水淘洗,换水更煮五六遍,即成冻子,切片,以苦酒五味淹食,不以灰汁则不成也。切作细丝,沸汤瀹过,五味调食,状如水母丝。"

黄本骥编《湖南方物志》卷三引《潇湘听雨录》云:"《益部方物略》,海芋高不过四五尺,叶似芋而有干。向见岣嵝峰寺僧所种,询之名磨芋,干赤,叶大如茄,柯高二三尺,至秋根下实如芋魁,磨之漉粉成膏,微作膻辛,蔬品中味犹乳酪,似是《方物略》所指,宋祁赞曰木干芋叶是也。"

金武祥著《粟香四笔》卷四有一则云："济南王培荀雪峤《听雨楼随笔》云，蒟酱张骞至西南夷食之而美，擅名蜀中久矣。来川物色不得，问土人无知者。家人买黑豆腐，盖村间所种，俗名茉芋，实蒟蒻也，形如芋而大，可作腐，色黑有别味，未及豆腐之滑腻。蒟蒻一名鬼头，作腐时人多语则味涩，或云多语则作之不成。乃知蒟酱即此，俗间日用而不知，可笑也。遥携馋口入西川，蒟酱曾闻自汉年，腐已难堪兼色黑，虚名应共笑张骞。茉芋亦名黑芋，生食之口麻。"

蒟蒻俗名黑豆腐，很得要领，这是民间或小儿命名的长处。在中国似乎不大有人吃，要费大家的力气来考证，在日本乃是日常副食物，真是妇孺皆知，在俗谚中也常出现，此正是日本文学风物志中一好项目。在北平有些市场里现已可买到，其制法与名称盖从日本输入，大抵称为蒟蒻而不叫做黑豆腐也。

（廿四年四月）

选自《周作人文类编·7·日本管窥》

## 《隅田川两岸一览》

我有一种嗜好。说到嗜好平常总没有什么好意思，最普通的便是抽鸦片烟，或很风流地称之曰"与芙蓉城主结不解缘"。这种风流我是没有。此外有酒，以及茶，也都算是嗜好。我从前曾经写过一两篇关于酒的文章，仿佛是懂得酒味道似的，其实也未必。民十以后医生叫我喝酒，就每天用量杯喝一点，讲到我的量那是只有绍兴半斤，曾同故王品青君比赛过，三和居的一斤黄酒两人分喝，便醺醺大醉了。今年又因医生的话而停止喝酒，到了停止之后我乃恍然大悟自己本来不是喝酒的人，因为不喝也就算了，见了酒并不觉得馋。由是可知我是不知道酒的，以前喜欢谈喝酒还有点近于伪恶。至于茶，当然是每日都喝的，正如别人一样。不过这在我也当然不全一样，因为我不合有苦茶庵的别号，更不合在打油诗里有了一句"且到寒斋吃苦茶"，以至为普天下志士所指目，公认为中国茶人的魁首。这是我自己招来的笔祸，现在也不必呼冤叫屈，但如要就事实来说，却亦有可以说明的地方。我从小学上了绍兴贫家的习惯，不知道喝"撮泡茶"，只从茶缸里倒了一点茶汁，再羼上温的或冷的白开水，骨都骨都地咽下去。这大约不是喝茶法的正宗吧？夏天常喝青蒿汤，并不感觉什么不满意，我想柳芽茶大抵也是可以喝的。实在我虽然知道茶肆的香片与龙井之别，恐怕柳叶茶叶的味道我不见得辨得出，大约只是从习惯上要求一点苦味就算数了。现在每天总吃一壶绿茶，用一角钱一两的龙井或本山，约须叶二钱五分，计值银二分五厘，在北平核作铜元七大枚，说奢侈固然够不上，说嗜好也似乎有点可笑，盖如投八大枚买四个烧饼吃是极寻常事，用不着什么考究者也。

以上所说都是吃的，还有看的或听的呢？一九〇六年以后我就没有看过旧戏，电影也有十年不看了。中西音乐都不懂，不敢说有所好恶。书画古董随便看看，但是跑到陈列所去既怕麻烦，自己买又少这笔钱，也就没有可看，所有的几张字画都只是二三师友的墨迹，古董虽号称有"一架"，实亦不过几个六朝明器的小土偶和好些耍货而已。据尤西堂在《艮斋杂说》卷四说：

"古人癖好有极可笑者。蔡君谟嗜茶，老病不能饮，则烹而玩之。吕行甫好墨而不能书，则时磨而小啜之。东坡亦云，吾有佳墨七十丸，而犹求取不已，不近愚耶。近时周栎园藏墨千铤，作祭墨诗，不知身后竟归谁何。子不磨墨，墨当磨子。此阮孚有一生几两屐之叹也。"这种风致唯古人能有，我们凡夫岂可并论，那么自以为有癖好其实亦是僭妄虚无的事，即使对于某事物稍有偏向，正如行人见路上少妇或要多看一眼，亦本是人情之自然，未必便可自比于好色之君子也。

说到这里，上文所云我有一种嗜好的话几乎须得取消了，但既是写下了也就不好那么一笔勾销，所以还只得接着讲下去。所谓嗜好到底是什么呢？这是极平常的一件事，便是喜欢找点书看罢了。看书真是平常小事，不过我又有点小小不同，因为架上所有的旧书固然也拿出来翻阅或检查，我所喜欢的是能够得到新书，不论古今中外新刊旧印，凡是我觉得值得一看的，拿到手时很有一种愉快，古人诗云，老见异书犹眼明，或者可以说明这个意思。天下异书多矣，只要有钱本来无妨"每天一种"，然而这又不可能，让步到每周每旬，还是不能一定办到，结果是愈久等愈希罕，好像吃铜槌饭者（铜槌者铜锣的槌也，乡间称一日两餐曰扁担饭，一餐则云铜槌饭），捏起饭碗自然更显出加倍的馋痨，虽然知道有旁人笑话也都管不得。

我近来得到的一部书，共三大册，每册八大页，不过一刻钟可以都看完了，但是我却很喜欢。这书名为《绘本隅田川两岸一览》，葛饰北斋画，每页题有狂歌两首或三首，前面有狂歌师壶十楼成安序，原本据说在文化三年

（一八〇六）出版，去今才百三十年，可是现在十分珍贵难得。我所有的大正六年（一九一七）风俗绘卷图画刊行会重刻本，木板着色和纸，如不去和原本比较，可以说是印得够精工的了，旧书店的卖价是日金五元也。北斋画谱的重刻本也曾买了几种，大抵是墨印或单彩，这一种要算最好。卷末有刊行会的跋语，大约是久保田米斋的手笔，有云：

> 此书不单是描写蘸影于隅田川的桥梁树林堂塔等物，并仔细描画人间四时的行乐，所以亦可当作一种江户年中行事绘卷看，当时风习跃然现于纸上。且其图画中并无如散见于北斋晚年作品上的那些夸张与奇癖，故即在北斋所挥洒的许多绘本之中亦可算作优秀的佳作之一。

永井荷风著《江户艺术论》第三篇论"浮世绘之山水画与江户名所"，以北斋、广重二家为主，讲到北斋的这种绘本也有同样的批评：

> 看此类绘本中最佳胜的《隅田川两岸一览》，可以窥知北斋夙长于写生之技，又其戏作者的观察亦甚为锐敏。而且在此时的北斋画中，后来大成时代所常使

我们感到不满之支那画的感化未甚显著，是很可喜的事。如《富岳三十六景》及《诸国瀑布巡览》，其设色与布局均极佳妙，是足使北斋不朽的杰作。但其船舶其人物树木家屋屋瓦等不知怎地都令人感到支那风的情趣。例如东都骏河台之图，佃岛之图，或武州多摩川之图，一见觉得不像日本的样子。《隅田川两岸一览》却正相反，虽然其笔力有未能完全自在处，但其对于文化初年江户之忠实的写生颇能使我们如所期望地感触到都会的情调。

又说明其图画的内容云：

书共三卷，其画面恰如展开绘卷似的从上卷至下卷连续地将四时的隅田川两岸的风光收入一览。开卷第一出现的光景乃是高轮的天亮。孤寂地将斗篷裹身的马上旅人的后边，跟着戴了同样的笠的几个行人，互相前后地走过站着斟茶女郎的茶店门口。茶店的芦帘不知道有多少家地沿着海岸接连下去，成为半圆形，一望不断，远远地在港口的波上有一只带着正月的松枝装饰的大渔船，巍然地与晴空中的富士一同竖着它的帆樯。第二图里有戴头巾穿礼服的武士、市民、工头、带着小孩的妇女、穿花衫的姑娘、挑担的仆夫，都趁在一只渡船里,两个舟子腰间挂着大烟管袋,立在船的头尾用竹篙刺船,这就是佃之渡。

要把二十几图的说明都抄过来,不但太长,也很不容易,现在就此截止,也总可以略见一斑了。

我看了日本的浮世绘的复印本,总不免发生一种感慨,这回所见的是比较近于原本的木刻,所以更不禁有此感。为什么中国没有这种画的呢?去年我在东京文求堂主人田中君的家里见到原刻《十竹斋笺谱》,这是十分珍重的书,刻印确是精工,是木刻史上的好资料,但事实上总只是士大夫的玩意儿罢了。我不想说玩物丧志,只觉得这是少数人玩的。黑田源次编的《支那古板画图录》里的好些"姑苏板"的图画那确是民间的了,其位置与日本的浮世绘正相等,我们看这些雍正乾隆时代的作品觉得比近来的自然要好一点,可是内容还是不高明。这大都是吉语的画,如五子登科之类,或是戏文,其描画风俗景色的绝少。这一点与浮世绘很不相同。我们可以说姑苏板是十竹斋的通俗化,但压根儿同是士大夫思想,穷则画五子登科,达则画岁寒三友,其雅俗之分只是楼上与楼下耳。还有一件事,日本画家受了红毛的影响,北斋与广重便能那么应用,画出自己的画来,姑苏板画中也不少油画的痕迹,可是后来却并没有好结果,至今画台阶的大半还是往下歪斜的。此外关于古文、拳法、汤药、大刀等事的兴废变迁,日本与中国都有很大的差异,说起来话长,所以现在暂且不来多说了。

(十月十九日,在北平记)

选自《周作人文类编·7·日本管窥》

# 《浮世澡堂》引言

式亭三马的《浮世澡堂》，与十返舍一九的《东海道徒步旅行》（原名《东海道膝栗毛》），是日本江户时代古典文学中滑稽本的代表著作。

日本文学自古代以至"明治维新"（一八六八），照例分作三个大段落。其一是奈良平安时代。日本皇室政府初在奈良，至八世纪末迁都平安，即现今西京，直至十二世纪末，这一段落以建都地方为名，这是王政时期，政治文化都在贵族阶级的手里，所以这一期又称为贵族文学时代。当时发生和发达的文学，最初是传说历史、长短和歌，随后是散文日记传奇，最有名的《源氏物语》五十四帖便是这时期的产品。其二是镰仓室町时代。这时皇室仍在平安，可是经过平源两家争权内战，政权下移，源赖朝推倒平氏，在镰仓建立幕府，以将军身份代行天皇职权，至十四世纪上半经过南北之战，足利尊氏立为将军，幕府设在室町，直至十六世纪末才又改革。这四百年间发达的文学除和歌外，有讲打仗的军记物语，戏曲方面是谣曲与狂言，因为主权在于武人,所以称为武士文学时代。其三照例以幕府所在地为名,即是江户时代。德川家康把幕府设在远离京都的关东,避开贵族文化的熏染,又利用儒教钳制思想,一般对于人民压得更紧了,可是他一面又有办法对付诸侯,制定"参觐交代",分封在外的军阀须得隔年到江户来,给幕府办事,这样便免去了尾大不掉的弊害,在德川治下起不了内战,这给将军很大的安心,同时国内平静,工商业发达,一般商民也抬起头来了。民间富庶,固然也使幕府更有搜括的机会,可是经济文化的实权逐渐落入平民的手中,他们依据了自己文艺娱乐的需要,创造起来,所以这二百多年间政治最是反动专制,可是这却是平民文学时代了。

关于江户文学的内容,我们又得分开来说,因为这中间又要分作上方文学与江户文学这两节。平安是日本旧京,大阪也就在京都近旁,所以京阪方面与关东相对,称作上方,即是上边的意思。德川时期的工商业发展首先是在大阪,所以这上期的文艺差不多是由大阪的商民主持的。武士是统治阶级,在政治上无论是怎么的骑在平民头上,但是到了手头空乏,要想向商人通融,虽然表面还不见得肯低头,可是商民却要昂起头来,对武士不大看得起了。大阪人的诨号至今叫做赘六,一说便是那时商人的夸世的话,说武士的弓、箭、甲、胄、刀、枪这六件事物,在他都是赘物，是一个例子。文艺上的改革是，由俳谐连歌发生了俳句，谣曲变成了净琉璃，有近松门左卫门那样的巨匠来担任作剧，小说也由宫廷与战场的物语变为浮世草子，即是社会小说，井原西鹤的声名至今还独一无二。但是江户是幕府的所在地，虽然在京都人看来是东夷之类，却也不客气的繁盛起来，结果是接着上方兴起了它独自的文学艺术。戏剧于净琉璃外兴起了歌舞伎，绘画则脱离了汉画的派别，由浮世又平（即是口吃的又平）开创了浮世绘，自称是大和绘师。诗歌方面不但完成了俳句，还由杂俳蜕化出来讽刺诗川柳，到现在都还有生命。小说方面不去继承以前的系统，却从头搞起，从连环图画似的小册子起首，造成了各式各样的作品，总名叫做草双纸，滑稽本就是其中的一种。

草双纸这名称看去很有点别扭，据日本史家考究，说这该是"草草纸"。"草纸"古时常作书册解，平安时代有著名的随笔《枕草纸》，第一个"草"字意思是说粗糙的低级的，原意云妇孺所用的通俗书本，只因两个草字碰在一起不大好，所以把第二个字改作同音的"双"字了。这其中最先出来是所谓"赤本"，即是红书皮，在十八世纪前后早已出现，内容差不多都是童话故事，以图为主，空处写几句说明或说白，接着是"黑本"，书皮用黑色，加入些报仇打仗等材料，这是第一批。第二批是"青本"，本来是蓝皮书,只因青中带黄,所以又通称"黄表纸",这也是画上加说,可是对象已由妇孺而转向大人了。这类书的第一种是恋川春町的《金金先生繁花梦》,系借用卢生的黄粱梦故事的,上下两册,每册五叶,图各十面。黄表纸的特色是内容的解放,取材很广,又一改以前黑本那种平铺直叙的写法,写得更有曲折,而且运用诙谐机智,说得更有风趣,投合时代的嗜好。那时吉原游里十分兴旺,黄表纸有许多便专来写那里的情形,称为洒落本。"洒落"本来是中国语,这里却有漂亮时髦的意思,便是说叙说时髦人的,因为篇幅比较长了,把纸张放大一点,于是在形式上称为"中本",以别于那些小本子。从这洒落本里省去了"花街柳巷的事情",只留存那些诙谐材料,结果即成为"滑稽本",翻过来偏重那些男女情事,又另成功了一种别的小说,这名为"人情本",代表著作有为永春水的《梅历》。春水原是三马的门人,《梅历》在近代一直禁止翻印,被当作江户文学中淫书之一。比中本更大一点的有合卷,是三马开始设计的,即是把从前的小本五册合作一卷,发行二卷一部,便有以前十册的分量,于发表长篇是很方便的。这之后又从合卷演化出"读本",成为专门阅读的小说,图画只是绣像,成了附属品,这是一个很大的变化,可以说已经脱出了赤本等的系统了。

江户文学里的小说一类,不去直接学中国明朝的成绩,直接的搞起演义来，却是从头另起炉灶，这是特别的一点，同时又似乎和浮世绘的绘师相呼应，甘心自居于戏作，在名字上边往往加上"江户戏作者"的称号，也是很有意义的。德川幕府标榜程朱的儒学，一味提倡封建的三纲道德，文艺方面也就自然着重劝惩主义，这是很顺当的路子。江户文人虽然不曾明白表示，但对于政府的文艺方针的不协力是很明显的，自称戏作，可以说是一种消极的抵抗吧。从这个意义上来看，《八犬传》的作者曲亭马琴虽是有名，虽是目空一世，但其价值比山东京传或式亭三马总还是不及吧。

式亭三马本姓菊地，名泰辅，亦或写作太助，安永五年（一七七六）生于江户，文政五年（一八二二）卒，年四十七。小时候在书店里当徒弟，得阅读当时小说书，二十岁时学写黄表纸，以后大抵每年都有著作，据记录所作约共有一百十五部。

1. 黄表纸及合卷，九十八种。
2. 洒落本，五种。
3. 中本（滑稽本在内），二十一种。
4. 读本，一种。
5. 杂书，十种。

这些著作中间还以滑稽本为佳，其中《浮世澡堂》四编九卷及《浮世理发馆》三编六卷称最，足为代表。

关于三马个人,后世有不少记载,但顶写得好,也该顶可信赖的,应推《浮世澡堂》四编末尾的一篇跋文,署名的金龙山人即是三马的门人之一,后来以"人情本"出名的为永春水。其文曰:

> 式亭主人者,予鸠车竹马之友也。性素拙于言辞,平时茶话尤为迟钝,故人称为无趣的人,且是无话的人。贾客而是骚人,背晦而又在行,居在市中而自隐,身在俗间而自雅。语言不学江湖,妄吐之乎者也,形容不仿风流,丝毫都不讲究。豪杰的结交,敬而远之,时流的招待,辞而不到。既非阴物,亦非阳气,不偏不倚,盖是中通之好男子也。偶对笔砚,则滑稽溢于纸上,诙谐走于笔下。呜呼,洒落哉,洒落哉!茂叔胸中,式亭腹内,恰如光风霁月云尔。花川户的隐士,金龙山人书。

黄山谷云,周茂叔胸中洒落,如光风霁月。这里拿来应用得恰好,虽然在日本语里洒落这字还可以有俏皮和爱打扮等意味。

选自《周作人文类编·7·日本管窥》

# 心　　中

　　三月四日北京报上载有日本人在西山旅馆情死事件，据说女的是朝日轩的艺伎名叫来香，男的是山中商会店员"一鹏"。这些名字听了觉得有点希奇，再查《国民新报》的英文部才知道来香乃是梅香（Umeka）之误，这是所谓艺名，本名日向信子，年十九岁，一鹏是伊藤传三郎，年二十五岁。情死的原因没有明白，从死者的身份看来，大约总是彼此有情而因种种阻碍不能如愿，与其分离而生不如拥抱而死，所以这样做的吧。

　　这种情死在中国极少见，但在日本却很是平常，据佐佐醒雪的《日本情史》（可以称作"日本文学上的恋爱史论"，与中国的《情史》性质不同，一九〇九年出版）说，南北朝（十四世纪）的《吉野拾遗》中记里村主税家从人与侍女因失了托身之所，走入深山共伏剑而死，六百年前已有其事。"这一对男女相语曰，'今生既尔不幸，但愿得来世永远相聚。'这就成为元禄式情死的先踪。自南北朝至足利时代（十五六世纪）是那个'二世之缘'的思想逐渐

分明的时期,到了近世,宽文(1611—1672)前后的伊豫地方的俗歌里也这样的说着了:

> 幽暗的独木桥,郎若同行就同过去罢,
> 掉了下去一同漂流着,来世也是在一起。

元禄时代(1688—1793)于骄奢华靡之间尚带着杀伐的蛮风,有重果敢的气象,又加上二世之缘的思想,自有发生许多悲惨的情死事件之倾向。"

这样的情死日本通称"心中"(Shinjiu)。虽然情死的事实是"古已有之",在南北朝已见诸记载,但心中这个名称却是德川时代的产物。本来心中这一个字的意义就是如字讲,犹云衷情,后来转为表示心迹的行为,如立誓书、刺字剪发等等。宽文前后在游女社会中更发现杀伐的心中,即拔爪、斩指,或刺贯臂股之类,再进一步自然便是以一死表明相爱之忱,西鹤称之曰"心中死"(Shinjiujini),在近松的戏曲中则心中一语几乎限于男女二人的情死了。这个风气一直流传到现在,心中也就成了情死的代用名词。

(立誓书现在似乎不通行了。尾崎久弥著《江户软派杂考》中根据古本情书指南《袖中假名文》引有一篇样本,今译录于后:

盟　誓

　　今与某人约为夫妇，真实无虚，即使父母兄弟无论如何梗阻，决不另行适人，倘若所说稍有虚伪，当蒙日本六十馀州诸神之罚，未来永远堕入地狱，无有出时，须至盟誓者。

年　号　月　日

某人（男子名）　　　　女名（血印）

中国旧有《青楼尺牍》等书，不知其中有没有这一类的东西。）

　　近松是日本最伟大的古剧家，他的著作由我看来似乎比中国元曲还有趣味。他所做的世话净琉璃（社会剧）几乎都是讲心中的，而且他很同情于这班痴男怨女。眼看着他们被夹在私情与义理之间，好像是弶上的老鼠，反正是挣不脱，只是拖延着多加些苦痛，他们唯一的出路单是"死"，而他们的死却不能怎么英雄的又不是超脱的，他们的"一莲托生"的愿望实在是很幼稚可笑的，然而我们非但不敢笑他，还全心的希望他们大愿成就，真能够往生佛土，续今生未了之缘。这固然是我们凡人的思想，但诗人到底也只是凡人的代表，况且近松又是一个以慰藉娱悦民众为事的诗人，他的咏叹心中正是当然事，据说近松的净琉璃盛行以后民间的男女心中事件大见增加，可以想见他的势力。但是真正鼓吹心中的艺术还要算净琉璃的别一派，即其《新内节》（Shinai-bushi）。《新内节》之对于心中的热狂的向往几乎可以说是病态的，不管三七二十一的唯以一死为归宿。新吉原的游女听了流行的新内派的悲歌，无端的引起了许多悲剧，政府乃于文化初年（十九世纪初）禁止《新内节》得入吉原，唯于中元许可一日，以为盂兰盆之供养，直至明治维新这才解禁。《新内节》是一种曲，且说且唱，翻译几不可能，今姑摘译《藤蔓恋之栅》末尾数节，以为心中男女之回向。此篇系鹤贺新内所作，叙藤屋喜之助与菱野屋游女早衣的末路，篇名系用喜之助的店号藤字敷衍而成，大约是一七七〇年顷之作云（据《江户软派杂考》）。

世上再没有像我这样苦命的人。五六岁的时候死了双亲，只靠了一个哥哥，一天天的过着艰难的岁月，到后来路尽山穷，直落得卖到这里来操这样的行业。动不动就挨老鸨的责骂，算作稚妓出来应接，彻夜的担受客人的凌虐，好容易换下泪湿的长袖，到了成年，找到你一个人做我的终身的依靠。即使是在荒野的尽头，深山的里面，怎样的贫苦我都不厌，我愿亲手煮了饭来大家吃。乐也是恋，苦也是要恋，恋这字说的很明白：恋爱就只是忍耐这一件事。——太觉得可爱可爱了，一个人便会变了极风流似的愚痴。管盟誓的诸位神明也不肯见听，反正是总不能配合的因缘，还不如索性请你一同杀了罢！说到这里，袖子上已成了眼泪的积水潭。男子也举起含泪的脸来，叫一声早衣，原来人生就是风前的灯火，此世是梦中的逆旅，愿只愿是未来的同一个莲花座。听了他这番话，早衣禁不住落下欢喜泪。息在草叶之阴的爹妈，一定是很替我高兴罢，就将带领了我的共命的丈夫来见你。请你们千万不要怨我，恕我死于非命的罪孽。阎王老爷若要责罚，请你们替我谢罪。祐天老爷释迦老爷都未必弃舍我罢？我愿在旁边侍候，朝朝暮暮，虔心供奉茶汤香花，消除我此生的罪障。南天祐天老爷，释迦如来！请你救助我罢。南无阿弥陀佛！（祐天上人系享保时代〔十八世纪初〕人，为净土宗中兴之祖，江户人甚崇敬，故游女遂将他与释迦如来混在一起了。）

木下杢太郎（医学博士太田正雄的别号）在他的诗集《食后之歌》序中说及"那鄙俗而充满着眼泪的江户平民艺术"，这种净琉璃正是其一，可惜译文不行，只能述意而不能保存原有的情趣了。二世之缘的思想完全以轮回为根基，在唯物思想兴起的现代，心中男女恐不复能有莲花台之慰藉，未免益增其寂寞，但是去者仍大有人在，固亦由于经济迫压,一半当亦如《雅歌》所说由于"爱情如死之坚强"欤。中国人似未知生命之重,故不知如何善舍其生命,而又随时随地被夺其生命而无所爱惜,更未知有如死之坚强的东西,所以情死这种事情在中国是绝不会发见的了。

鼓吹心中的祖师丰后掾据说终以情死。那么我也有点儿喜欢这个玩意儿么?或者问。"不,不。一点不。"

(十五年,三月六日)

见三月七日的日文《北京周报》(199),所记稍详,据云女年十八岁,男子则名伊藤荣三郎,死后如遗书所要求合葬朝阳门外,女有信留给她的父亲,自叹命薄,并谆嘱父母无论如何贫苦勿再将妹子卖为艺伎。荣三郎则作有俗歌式的绝命词一章,其词曰:

交情愈深,便觉得这世界愈窄了。
虽说是死了不会开花结实,
反正活着也不能配合,
还有什么可惜这两条的性命。

《北京周报》的记者在卷头语上颇有同情的论调,但在《北京村之一点红》的记事里想象的写男女二人的会话,不免有点"什匿克"（这是孤桐社主的 Cynic 一字的译语）的气味，似非对于死者应取的态度。中国人不懂情死，是因为大陆的或唯物主义的之故，这说法或者是对的；日本人到中国来，大约也很受了唯物主义的影响了罢，所以他们有时也似乎觉得奇怪起来了。

选自《周作人文类编·7·日本管窥》

## 《江都二色》

我颇喜欢玩具,但翻阅中国旧书,不免怅然,因为很难得看见这种记载。《通俗编》卷三十一戏具条下引《潜夫论》云:

"或作泥车瓦狗诸戏弄之具,以巧诈小儿,皆无益也。"我们可以知道汉朝小儿有泥车瓦狗等玩具,觉得有意思,但其正论殊令人读了不快。偶阅黄生著《字诂》,其"橅尘"一条中有云:

"东方朔与公孙弘书(见《北堂书钞》):何必橅尘而游,垂发齐年,偃伏以自数哉。橅与模同,今小儿以碎碗底(方音督)为范,抟土成饼,即此戏也。"又《义府》卷上《毁瓦画墁》一条中云:

"《孟子》,毁瓦画墁。如今人以瓦片画墙壁为戏,盖指画墁所用乃毁裂之瓦耳。"不意在训诂考据书中说及儿童游戏之事,黄君可谓有风趣的人了。吾乡陶石梁著《小柴桑喃喃录》,卷上引《大智度论》云:

"菩萨作是念,众生易度耳。所谓者何?众生所着皆是虚诳无实。譬如人有一子,喜不净中戏,聚土为谷,以草木为鸟兽,而生爱着,人有夺者,嗔恚啼哭。其父知已,此子今虽爱着,此事易离耳,小大自休。何以故?此物非真故。"经论所言自是甚深法理,就譬喻言亦正不恶,此父可谓解人。龙树造论,童寿译文,乃有如此妙趣,在支那撰述中竟不可得,此又令我怃然也。小大自休,这是对于儿童的多么深厚的了解,能够这样懂得情理,这才知道小儿的游戏并非玩物丧志,听童话也并不会就变成痴子到老去找猫狗说话,只可惜中国人太是讲道统正宗,只管叉手谈道学做制艺,升官发财蓄妾,此外什么都不看在眼里,著述充屋栋,却使我们隔教人失望,想找寻一点资料都不容易得。讲到儿童事情的文章,整篇的我只见过赵与时著《宾退录》卷六所记唐路德延的《孩儿诗》五十韵,里边有些描写得颇好,如第三十一联云:

折竹装泥燕,添丝放纸鸢。

又第四十六联云:

垒柴为屋木,和土作盘筵。

这所说的是玩具及游戏,所以我觉得特别有趣味,在民国十二年曾想编一本小书，就题名曰《土之盘筵》。但是，别的整篇就已难得见到，不要说整本的书了。手头有一本书，不过不是中国的，未免很是可惜。书名曰《江都二色》，日本安永二年刊，这是西历一七七三年，清乾隆三十八年癸巳，在中国正是大开《四库全书》馆，删改皇侃《论语疏》的时候，日本却是江户平民文学的烂熟期，浮世绘与狂歌发达到极顶，乃迸发而成此玩具图咏一卷。大正十三年（一九二四）稀书复制会有重刊本，昭和五年（一九三〇）乡土玩具普及会又有模刻并加注释，均只二十六图，及后米山堂得完本复刻，始见全书，共有五十四图，有坂与太郎著《日本玩具史》，后编第五篇中悉收入。我所有的一册是乡土玩具普及会本，亦即有坂氏所刊，木刻着色，《玩具史》中则只是铜版耳。书有蜀山人序，北尾重政画图，木室卯云作歌，每图题狂歌一首，大抵玩具两件，故名二色，江都者江户也。全书所绘大约总在九十件以上，是一部很好的玩具图集，狂歌只算是附属品，却也别有它的趣味。这勉强可以说是一种打油诗，它的特色是在利用音义双关的文字，写成正宗的和歌的形式，却使琐屑的崇高化或是庄严的滑稽化，引起破颜一笑，讥刺讽谏倒尚在其次。这与言语文字有密切的关系，好的狂歌是不能移译的，因为它的生命寄托在文字的身体里，不像志异书里所说的魂灵可以离开躯壳而存在，所以如道士夺舍这些把戏在这里是不可能的事。全书第五十三图是一个猴子与狮子头，所题狂歌虽猥亵而颇妙，但是不能转译，并不为猥亵，实因双关语无可设法也。第五二图绘今川土制玩具，钟楼与茶炉各一，歌意可以译述，然而原本不大好，盖老实的连咏二物，便不免有点像中国的诗钟了，原歌云：

Yamadera no iriai no kane o hazuseshiwa
Hana chirasazi to chaya no kufu ka?

意云，把山寺的晚钟卸了，让花不要散的，是茶店的主意么。有坂君注释云：

"花散则客不来。钟楼相近的樱花每因撞钟的回响而散落，故茶亭中人想了法子将钟卸下了。"这种土制玩具中国也并不是没有，十年前看护国寺庙会，曾买过好些，大抵是厨房用具，制作的很精巧，也有桥亭房屋之类，不过像是盆景中物，所以我不大喜欢。过了几年之后，这些小锅小缸之属却不见了，我只惋惜从前所买的一副也已经给小孩拿去玩都弄破了。没有人记录，更没有人来绘图题诗。我们如要谈及，只能靠自己的见闻和记忆，宛如未有文字的民族一样。不，他们无文字却还有图画，如洞窟中所留遗的野象野牛的壁画，我们因为怕得玩物丧志，连这个也放下了。耳食之徒五体投地的致敬于《钦定四库全书》，那里就是在存目里也找不出一册《江都二色》来，等是东方文化，却于此很分出高下来了，北尾、木室二公不但知道小大自休，还觉得大了也无妨耍子，此正是极大见识极大风致，万非耳食之徒所能及其一根汗毛者也。

日本现时研究玩具的人很多，但其中当以有坂君为最重要。寒斋藏书甚少，所得有坂君著作约有十种，今依年代列举如此：

甲，《尾志矢风里》（Oshaburi），玩具图录，已出四册。一，东北篇，大正十五年（一九二六）。二，古代篇，同上。三，东京篇，昭和二年（一九二七）。四，东海道篇，昭和四年（一九二九）。尾志矢风里，汉字当写作"御舐"，据《大言海》云：东京婴儿玩具名，以木作，形小，中略细，两端成球形，乳婴便吮其球也。按此长寸许，形如哑铃，今多用胶质制，不及木雕远矣。

乙，《玩具绘本》，已出五册。一，《手习草纸》，昭和二年。二，《绘双六》。三，《御雏样》。四，《犬子》，均同上。五，《子守呗》，昭和三年。手习草纸此言习字本，书中所收皆为天神像，即菅原道真，世传司文之神也。绘双六，略如中国的升官图，有种种花样。雏为上巳女儿节所供养的人像，并备家具装饰。子守呗即抚儿歌，玩具皆作少女负儿状。

丙，《伏见人形》，昭和四年。

丁，《玩具叶奈志》，已出三册。一，《今户人形》，二，

《御祭》，三，《招手猫》，皆昭和五年。此书性质与《玩具绘本》相同，叶奈志写汉文作"话"字也，伏见、今户皆地名。祭即神社祭赛。猫常"洗脸"，举手抚其面，狐鼬等亦能屈掌当眼上，向后回顾，商家辄范土作猫招手状，以发利市，谓能招集顾客也，今所集者皆此类玩具。

戊，《日本雏祭考》，昭和六年。

己，《乡土玩具种种相》，同上。

庚，《日本玩具史》前后编，昭和六至七年。

辛，《日本玩具史篇》，昭和九年，雄山阁所出《玩具丛书》八册之一。同丛书中尚有《世界玩具史篇》一册，亦有坂君所撰，唯此系翻译贾克孙（N. Jackson）夫人原著，故今未列入。有坂君又译德人格勒倍耳（K. Grober）原著为《泰西玩具图史》，大约昭和六年顷刊行，我因已有原书英文本，故未曾搜集。

壬，《乡土玩具大成》，第一卷，东京篇，昭和十年。全书共三卷，第二、三卷尚未出。

癸，《爱玩》，昭和十年。这本名《爱玩家名鉴》，凡集录玩具研究或搜集家约三百人，可以知道乡土玩具运动的大势，有坂君编并为之序。此外有坂君又曾编刊杂志《乡土玩具》及《人形人》，皆由建设社出版。建设社主人坂上君与其时编辑员佐佐木君皆日本新村旧人，民国廿三年秋我往东京游玩，二君来访，因以佐佐木君绍介，八月一日曾访有坂君于南品川。其玩具藏名"苏民塔"在建筑中，外部尚未落成，内如小舍，有两层，列大小玩具都满，不及细看，目不给亦日不给也。在塔中坐谈小半日，同行的川内君记录其语，曾登入《乡土玩具》第二卷中，愧不能有所贡献，如有坂君问中国有何玩具书，我心里只记着《江都二色》，却无以奉答，只能老实说道没有。这"没有"自《四库全书》时代起直至现在都有效，不能不令人恧然，但在正统派或反而傲然亦未可知。苏民故事据古书说，有苏民将来者，家贫，值素盏鸣尊求宿，欣然款待，尊教以作茅轮，疫时佩之可免，其后人民多署门曰苏民将来子孙，近世或有寺院削木作八角形，大略如塔，题字如上，售之以辟疾病。有坂君之塔即模其形，据云恐本于生殖崇拜，殆或然欤。《爱玩》卷首有此塔照相，每面题字有"苏民将来子孙人也"等约略可见。有坂君生于明治廿九年丙申（一八九六），在《爱玩》中自称是不惜与乡土玩具情死的男子，生计别有所在，却以普及乡土玩具为其天赋之职业，自己介绍得很得要领。日本又有清水晴风、西泽笛亩、川崎巨泉诸人亦有名，均为玩具画家，唯所作画集价值极贵，寒斋不克收藏，故亦遂不能有所介绍也。

（廿六年一月十七日于北平苦茶庵）

选自《周作人文类编·5·上下身》

# 明治文学之追忆

今年秋天我写过一篇《我的杂学》，约有二万五千言，略述我涉猎中外图书所受到的几方面的影响。其中有四节是关于日本的，文中曾云："我的杂览从日本方面得来的也并不少。这大抵是关于日本的事情，至少也以日本为背景，这就是说很有点地方的色彩，与西洋的只是学问关系的稍有不同。"概括的说，大概从西洋来的属于知的方面，从日本来的属于情的方面为多，对于我却是一样的有益处。这四节中所说及的有乡土研究、民艺、江户风物与浮世绘、川柳、落语与滑稽本、俗曲、玩具等这几项，各项都说的很简略，而明治文学这一项却未列入，只有第十八节中附带说及云：

明治大正时代的日本文学，曾读过些小说与随笔，至今还有好些作品仍是喜欢，有时也拿出来看，如以杂志名代表派别，大抵有《保登登歧须》、《昴》、《三田文学》、《新思潮》、《白桦》诸种，其中作家多可佩服,今亦不复列举,因生存者尚多,暂且谨慎。

这里所说的理由只是一小部分,重要的乃是在于现今的自觉,对于文学觉得不大懂得。翻阅旧文章,看见民国十四年的《元旦试笔》中曾经说过,"以前我还以为我有着自己的园地,去年便觉得有点可疑,现在则明明白白的知道并没有这么一片园地了。"在整整的二十年前,已经明了的说了,把文学家的招牌收藏起来,关于文学的话以后便不敢多说,这回的故意省略也就是为此。但是仔细一想,文坛脱退固是好事,把过去的事抹煞不提,缺了一部分也不是办法,所以如今且来补说一点,作为《我的杂学》的一节吧。

我与日本文学的最初的接触,说起来还与东京《朝日新闻》有关。我于前清光绪丙午即明治三十九年到东京,那时夏目漱石已经发表了《哥儿》,继续写着《我是猫》,不久辞去大学教授,入《朝日新闻》社,开始揭载小说《虞美人草》。我与先兄住在本乡汤岛的下宿内,看他陆续买了单行本《我是猫》的上册、《漾虚集》及《鹑笼》等书来,平常所看的是所谓学生报的《读卖新闻》,这时也改订了《朝日》,天天读《虞美人草》,还切拔了卷起留着。后来《虞美人草》印成单行本,我才一读,可是我所喜欢的还是《我是猫》与《哥儿》、《三四郎》、《门》，以及《草枕》四篇中的小品。《保登登歧须》的写生文我所喜欢的有坂本文泉子，其写儿时生活的《梦一般》我爱读多年，今年才把它译成了汉文。此外有铃木三重吉与长冢节，铃木的《千鸟》与长冢的《太十和他的狗》等都在《保登登歧须》发表，而其长篇《小鸟的窠与土》又都登载在《朝日》上面，我只译过铃木的几篇《金鱼》等小篇，长冢的可惜未及着手。这些人都与夏目有关的，这里便连带的说及。

夏目以外我所佩服的文人还有森鸥外。与他有关系的杂志是《昴》，后来有《三田文学》。森氏著作甚多，我所喜的也只是他的短篇，收在《分身与走马灯》、《滑滴》、《高濑舟》以及《山房札记》各集中。《昴》的同人中有石川啄木、与谢野夫妻，诗与歌都有名，不过那是韵文，于我的影响很少。木下杢太郎我也很佩服，但是他写戏曲与美术评论，为我所不大懂的，唯《食后之歌》一册却宝藏至今。《三田文学》中的森氏作品似以长篇为多，不很记得了，其中有永井荷风，他的随笔论文我很是喜欢，虽然其大部分多是后来所作。户川秋骨也是庆应大学的教师，大概也在其内，但是初期《三田文学》中仿佛少见他的文章，我所读的都是单行本，所以这里的关系也有点说不清楚了。

户川是英文学者,我所喜欢的却是他的随笔,虽然他的英文学的论文也是同样的有意思。他的文章的特色我曾说是诙谐与讽刺,一部分自然无妨说是出于英文学中的幽默,一部分又似日本文学里的俳味,自有一种特殊的气韵,与全受西洋风的论文不同。在这幽默中间实在多是文化批评,比一般文人论客所说往往要更为公正而且深刻。这是我对于户川最为佩服的地方。我在以前佩服内田鲁庵的论文也是同一理由,因为他们的思想都是唯理的,而博识与妙文则居其次焉。唯理思想有时候不为世间所珍重,唯在渐近老年的人自引起共感,若少年血气方盛,不见赞同,固亦无妨也。其次还有这样的两位,他们本来或者并不是一路,但在我觉得同样的爱重,所以唐突的拉在一起来,这便是永井荷风与谷崎润一郎。永井的小说如《祝杯》等大都登在《中央公论》上,谷崎的如《刺青》等是在《新思潮》上发表的,当时也读过,不过这里要说的乃是他们的随笔散文,并不是小说。老实说,我是不大爱小说的,或者因为是不懂所以不爱,也未可知。我读小说大抵是当作文章去看,所以有些不大像小说的随笔风的小说,我倒颇觉得有意思,其有结构有波澜的,仿佛是依照着美国版的《小说作法》而做出来的东西,反有点不耐烦看,似乎是安排下好的西洋景来等我们去做呆鸟,看了欢喜得出神。废名在私信中有过这样的几句话,我想也有点道理:

我从前写小说，现在则不喜欢写小说，因为小说一方面也要真实，——真实乃亲切，一方面又要结构，结构便近于一个骗局，在这些上面费了心思，文章乃更难得亲切了。

我对于一般小说不怎么喜欢，但如永井晚近所作的《濹东绮谭》，谷崎的《武州公秘话》，所写的方面不同，我读过都感觉有兴趣，不过他们又还写有散文随笔，那么我所喜欢的自然还是在这一边了。永井的《日和下驮》——这书名翻译不好，只好且用原文，大概还是最初登在《三田文学》上，后来单行，是我的爱读书之一，文章与意思固然都极好，我的对于明治的东京的留恋或者也是一种原因，使我特别爱好这一册小书。此外的《荷风随笔》、《冬之蝇》、《面影》，以及从前的杂稿都曾收集，惜已有散失，《下谷丛话》是鸥外式的新体传记，至今还在翻看。谷崎的随笔大概多是近几年中所写，我所喜的是《青春物语》以后的，如《摄阳随笔》、《倚松庵随笔》、《鹈鹕陇杂纂》等均是，《文章读本》虽然似乎是通俗的书，我读了也很佩服。这两位作家的辈分与事业不是一样，我却是一样的看重，关于文章我们外国人不好多嘴，在思想上总是有一种超俗的地方，这是我觉得最为可喜的。

讲到末了还有一位岛崎藤村先生，他在日本新文学上的位置是极其重要的，拿别人来和他作比较，例如夏目与森这两位，一是大学教授，一是军医总监，文学活动时期只以明治大正为限，藤村则一生只是弄文学，以二十六岁时发表新诗集起，后来做小说，至七十二岁逝世，还在写《东方之门》未曾完了，前后将五十年，自明治以至昭和，一直为文坛的重镇。他的诗与小说以前也曾读过好些，但是近来却爱看杂文，所记得的还是以感想随笔为多，在这里我也最觉得，能看出老哲人的面影，是很愉快的事。我不能正当的称扬其诗与小说的功绩，只在讲到随笔的地方说及他，便是为了这个缘故。藤村随笔里的思想并不能看出有什么超俗的地方，却是那么和平敦厚，而又清澈明净，脱离庸俗而不显出新异，正如古人所说，读了令人忘倦。大抵超俗的文章容易有时间性，因为有刺激性，难得很持久，有如饮酒及茶，若是上边所说的那种作品则如饮泉水，又或是糖与盐，乃是滋养性的也。这类文章我平常最所钦慕，勉强称之曰冲淡，自己不能写，只想多找来读，却是也不易多得，浅陋所见，唯在兼好法师与芭蕉，现代则藤村集中，乃能得之耳。

关于白桦派的诸君，今且从略，其理由则是已在明治以后，不在此文所说范围之内，其次亦因我与诸君多曾相识，故暂且谨慎也。鄙人本非文人，岂敢对于外国文学妄有论列，唯因杂览日本著作，颇受裨益，乃凭主观稍加纪录，以志不忘，见识谬误自不能免，但如陶渊明言，愿识者见而恕之而已。

（民国三十三年十二月二十日）

选自《周作人文类编·7·日本管窥》